偵探已經，死了。

01

[ill]

tive está muerta.

La detective está muerta.
character
「太沒道理了！是妳強行雇用我的吧！」
君塚君彥
[age] 18 歲
偵探助手。
「真是太巧了。你——就當我的助手好了。」
希耶絲塔
（代號。本名不詳）
[age] 不明（已故）
偵探。
「這時候你要是說想閃人的話
8 歲
生。

「世界第一最最可愛的偶像，就是我齋川唯唷！」
「好久不見了啊，臭小鬼。你終於打算來自首了？」
夏洛特・有坂・安德森
[age] 17 歲
偵探的徒弟。
蝙蝠
[age] 34 歲
過往之敵。
齋川唯
[age] 14 歲
國民偶像。
「……我可不想被你用暱稱來稱呼。」
加瀨風靡
[age] 28 歲
刑警。
「試著推理看看我挾持這架飛機的理由吧。」

ContentS

繪圖●うみぼうず

【序章】

「請問各位乘客當中，有職業是偵探的嗎？」

呃，這一定是我聽錯了吧。

這句話，恐怕不是在一萬公尺高空飛行的客機裡會聽到的臺詞。

因此那一定是我聽錯了，誤解了——原來如此，所謂的「空耳」這個詞，來源搞不好就是出於現在這種情況。

「搞什麼鬼啊。」

我自言自語地吐槽後，稍微恢復了冷靜。

等心情平靜後環顧四周，只見空服員不知為何，正模樣慌張地朝這邊快步走過來。

「請問各位乘客當中，有職業是偵探的嗎？」

看來我並沒有聽錯。

慘了，又來了。

不知道為什麼，從很久以前我就經常遭遇麻煩的事件。

容易被捲入事件的體質就是指我這種吧。

只是走在大馬路上也會被強迫拉入快閃行動，若是走小巷子又會目擊白粉交易。由於太常在殺人現場現身還被已經面熟的警官起疑心，就連今天，我也拿了個不知內容物是什麼的超巨大手提箱飛往海外。

中學二年級就這樣了，將來一定會成為間諜或軍人什麼的。

不，還是當公務員好。我想要準時下班，可千萬別小看我體力貧乏的程度。

——所以。

「找偵探什麼的簡直是莫名其妙啊。」

真要說起來，現在究竟是發生了什麼情況？

一般這種緊急事件，在客機要找的人應該是醫生或護士吧？

請問各位乘客當中，有職業是醫生的嗎——這種臺詞我在連續劇或漫畫裡就看過了。然而如今，在高空中他們想找的人卻是——偵探。

唉，真是搞不懂啊。

在一架起飛的客機中，會需要用到偵探的場合，究竟是什麼事件啊。不行不行，我可不想再被捲入不必要的麻煩當中。

無視朝我這邊走近的空服員，我緊閉雙眼。

閉起眼睛了，但就在那之後。

「這裡，我就是偵探。」

一個十分清亮通透的說話聲令我忍不住睜開眼睛，原來是坐在我右手邊，一名跟我差不多年紀的少女，正倏地筆直舉起手。

銀白色的短髮，配上一雙彷彿能把人吸進去的碧眸。那襲色調優雅、感覺像是模仿軍裝設計的連身裙，露出了些許猶如白雪般清澄的肌膚。

這副美貌，簡直就像天使轉世。如果用字典去查「美女」這個詞，想必頁面會刊載著她的名字吧，而上網去搜索她的名字相關圖片，一定也會大量出現花鳥風月的照片。

因此在此時此刻，我所感興趣的就只有一點，那便是關於她的名字。

偵探什麼的隨便都好。這位少女究竟是誰，我想知曉她的芳名。

「妳的名字是？」

所以等我回過神，才發現自己對她拋出了這樣的問題。

不過從結果論，自從那天到現在已經過了四年，我依然不知道她真正的姓名。
她只告訴過我《希耶絲塔》這個代號而已。
她是一名與《世界之敵》戰鬥的真正「偵探」。
從那之後我就成為了希耶絲塔的助手，與她雙雙展開旅程。
「聽好囉？在你被打成蜂窩的時候，我會取下敵人的首級。」
「喂名偵探，不要訂定以我犧牲為前提的計畫好嗎？」
「放心吧，我會負起責任把你電腦裡的搜索紀錄都清除乾淨。」
「……等一下。喂，妳看過了？我電腦裡的搜索紀錄，妳看過了嗎？」
如此隨口胡亂開玩笑的我們，最終，還是在三年間上演了無數令人眼花撩亂的冒險活劇——

然後，因死亡而分別。

如今是分別後的又一年，也就是第四年。
十八歲，獨自一人殘存，升上高中三年級的我——君塚君彥，徹頭徹尾沉浸在這名為日常的溫吞安逸中，無法自拔。
你說這樣真的好嗎？

當然囉，又不會給任何人帶來麻煩。

難道不是嗎？

畢竟，偵探已死。

【第一章】

◆懸疑推理的開頭要埋胸部

「你是名偵探嗎？」

放學後，在暮色低垂的教室，我被人揪起領口這麼質問。

剛睡醒的朦朧雙眼，看不清楚對方的臉孔。

我試著回溯記憶，但只覺得這個聲音很陌生。

看來，我是被一個完全不認識的女生恐嚇了。

只是，完全不明白理由為何。

因為看不下去我從一早鐘響後就趴在桌上睡覺直到放學，無法坐視同班同學不管的班長性格女生，才會用略微粗暴的手段叫我起床……之類的，想必是這麼回事吧。

不，如果是同班的人，說話聲我至少應該有點印象才對啊。
果然我跟這名少女是毫無關聯的陌生人。
那麼，這是為什麼。為什麼我此時此刻要被她揪起領口呢？
剛睡醒的腦袋無法負擔這麼龐大的推理。
好吧，反正我本來就不是偵探這也是理所當然的。
——偵探？
這個女的，剛才有提到偵探嗎？
「不要不說話快回答。你就是傳聞中的名偵探——君塚君彥嗎？」
偵探——隔了一年後，又聽到這個令人厭惡的詞彙。
「妳認錯人了，恕我告退。」
「慢著。」
「咕耶！」
從我的聲帶，冒出了以人類而言實在是有點不妥的聲響。
儘管真的令人難以置信，但眼前，她的指尖正戳入我的口中。
「假使你無視我的質問，我就會毫不留情碰觸你的顎垂（註1）。」

註1　人體口腔器官，懸掛於軟顎正中間的末端。

「太、太不講理了吧……」
到了這種狀態，我才終於能仔細辨認少女的容貌。
讓人感覺意志堅強的細長眼眸，搭配長睫毛，再加上高挺的鼻梁以及緊抿的雙脣。
黑長髮束在側面，感覺就像是時下的女高中生。
……是說，我們學校裡有這號人物嗎？
這種等級的危險人物我以前竟然沒注意到，看來我也是老糊塗了啊。
「喂，你就是君塚君彥吧？」
被這樣連續叫全名總覺得很不自在。我無奈地點點頭。
「要回答就好好說出來。」
「……嘎！」
少女的指尖碰到了顎垂，一股酸液自我的胃底逆流上來。
「唔哇，低級。竟然對一個初次見面的女生手指噴這麼多口水，難道你是個變態？」
「這是誰害的啊，是誰！」我正想如此反駁，少女卻依然將指尖戳入我的口腔深處，並以左手揪起我的制服領帶。這根本是某種新型的拷問裝置。
「咕……嗚……」

「咦，拜託別開玩笑，你竟然哭了？都已經是十八歲的大男人，光是用口水沾溼女生的指尖還不夠滿足，現在又哭哭啼啼想央求玩其他更多的把戲嗎？」

我身為人類的尊嚴，在這時發出巨響崩潰。眼淚跟唾液已完全不聽使喚。究竟是為什麼，我必須接受這種毫無道理的懲罰……

「啊啊，對喔。我懂了，**你是想被緊緊抱住吧**。」

我的臉被她按進了胸部。

猶如棉花糖般柔軟，以及香水般的甘美氣味，讓我的神魂為之蕩漾。

此外還能聽見心臟的跳動聲——這是怎麼了？不知為何，我總有一股非常懷念的感覺。難不成，我從同年級的女同學身上感受到了母性嗎？

……不，這種事是絕對不能允許的。

夾在悅樂與苦痛的縫隙間，我「嗚嘎」地叫了一聲，勉強掙脫對方的束縛。

「真遺憾，明明可以跟你再玩一下的。」

「…………哈啊……哈啊，既然只是在玩就不要那麼大方啊，竟然把胸部借給不認識的男生靠。」

我這麼說道，少女首度露出淺淺的一笑。

「夏凪渚。」

她報上這個與時節十分相稱的姓名後，朝我伸出了右手。

「……妳先去洗手吧。」

◆助手與委託人——偵探，不在了

「有件事，想委託你處理。」

幾分鐘後，自洗手間返回的夏凪坐到我面前的座位上，我們變成彼此面對面的狀態。

「比起那個，首先妳應該有其他話要對我說吧？」

「希望你能對弄髒我手指的事道歉。」

「我道歉!?」

她又一次不講理。簡直把這世上所有的不講理全都加起來也比不上她的不講理。

「畢竟，做了讓人討厭的事，向對方道歉是理所當然的吧？」

「這番話，我原封不動地還給妳！」

「什麼嘛，說得簡直就像剛才是我惹你不快一樣。」

我本來就是這個意思啊！

搞什麼鬼，這個女的為什麼要跟初次見面的我突然說起相聲。

「那我這麼問好了，如果是別人對妳做出剛才妳對我做的事（Play），妳會覺得無所謂嗎？」

「咦？……對、對喔。」

這時夏凪的視線突然游移不定起來。

「的確，被人那麼做一定會感到不快的。一般說來，對吧……」

「咦？妳怎麼有點臉紅了？『一般說來』，又是什麼意思？」

喂，剛才那種嗜虐狂的人設怎麼一瞬間就煙消雲散了，甚至還讓我產生了完全相反的疑惑。

……還是先確認一下吧。

「比起被別人愛？」

「我更想愛別人。」

「比起束縛他人？」

「我更想被束縛……」

「這個月快破產了。」

「我借你，需要多少？」

「原來妳是被虐狂啊……」

「嘎……！」

彷彿是被人揭穿了震撼性的事實般，夏凪張大著嘴擠不出半句話來。

說真的，她一開始的人設跟氣勢上哪去了啊。

「不、不是啦！我才沒有那種特殊嗜好！……是說你可不可以不要岔題啊？我是來這裡委託你辦事的！」

不知是惱怒還羞愧，或者是夕陽餘暉的影響，夏凪的臉頰微微染上紅暈，隨即又「砰」地一拍桌子站起身。原來如此，她那麼強悍只是為了保持她的基本立場。

接著又有好一陣子，夏凪都「呼——呼——」地肩膀劇烈起伏喘著粗氣。

「我正在，找人。」

她以極度嚴肅的眼神這麼表示。

原來如此，找人啊，所以才需要一位**名偵探**嗎？

「你是，君塚君彥……對吧？」

……唉，看來我不回答她就不肯放過我吧。

「是啊。我的姓氏在我出生以前就已經是君塚了，而從我出生的那天起，我的名字就叫君彥。」

「你是名偵探，對嗎？」

「很遺憾我的爺爺並不是名偵探，我也沒有被灌下奇怪的藥使外表變成小孩的經驗。妳認錯人了吧。」

「認錯人？」

夏凪的眉根猛然跳了一下。

「我看過那些新聞。」

「新聞？」

被她這麼一提，我試著回溯記憶……不過，我還是不懂夏凪**指的是什麼**。

「三天前的晚報呀。有個飛車搶劫犯被逮了，而功勞記在一個高中男生身上。」

「啊啊，妳說那個喔。」

「就是那個，沒錯——不過如果只有那一次，我也不會像這樣採取行動。」

夏凪語畢，把自己帶來的書包打開，將裡頭的東西全都倒在地板上。

「這裡全部都是關於你的報導。」

那些是大量的剪報。

「……妳調查過我嗎？」

剪報上面，全都有我的姓名跟大頭照……沒錯，我剛才的意思其實是不確定夏凪所說的看過新聞**究竟是指哪一則**。

「呃、你自己看，『防範轉帳詐騙於未然，超人高中男生！』、『找尋寵物手到擒來，少年K今天又尋獲了走失的小貓！』、『救難專家，上學途中挽救兩人的性命！』——如果這樣還堅稱不是名偵探，那你究竟是何方神聖？」

這些都是我如今的日常。我早就已經習慣了，自己這種容易被捲入事件的體質始終沒變。

不過，就算這樣，也沒必要冠上名偵探的頭銜吧……好吧，反正我懂她想表達的意思。

「妳太誇張了，不必如此抬舉我。」

我之所以遭遇這些事件，然後又能運氣好加以解決，全都是託了我這種體質的福。沒錯，事實上，我並不具備任何特殊的技能。

以前我曾過度相信自己的這些經驗，但其實這些經驗一點屁用也沒有，這個教訓我是一年前才學到的。

所以，像這種過譽的評價就免了吧。很抱歉，我並沒有從事偵探的工作——如今的我，鐵定比較適合溫吞安逸的生活。

「你真謙虛呀。」

「感謝誇獎。」

「誰誇獎你了！」

「難道是我誤會了嗎？」

「無法正確掌握自身能力的人，為什麼我非得去誇獎他不可？」

原來如此，剛才那只是她諷刺我的獨特方式。

「連本人都無法估量的能力，還得交給其他人來評斷那不是太奇怪了？」

「所以你的意思是你自己最懂自己的事囉？這種反應就叫傲慢。」

夏凪交叉雙臂彷彿抱住自己的胸部般，同時用鼻子「哼」了一聲。

「主觀是這世上最不可靠的東西了，客觀的事實才是最重要的吧。」

「我說的不對嗎？」夏凪語畢，再度扯起我的領帶拉向她那邊。

濡溼的嘴唇近在咫尺，她的吐息既甘美又溫熱。

那對紅寶石般的赤紅眼眸，目光筆直地貫穿了我的眉心。

「你所做過的事都是既定事實。因此該如何評價那些功勞，如何以那些結果形容你這個人的身分，都是我們這些旁人的自由不是嗎？」

如此率直而妄自尊大的眼神，總覺得跟如今已不在的某人非常相似。

「……妳說妳想找人。」

繼續保持這樣的距離真是受夠了。

我用手推開夏凪的肩膀，變成彼此面對面站立的姿勢。

「是沒錯啊……」

連我自己都覺得我太好說話了。

不，為了自尊這裡必須先說清楚，我可沒有對夏凪的說詞產生任何特殊的想法，也不是被她辯倒了。

只不過，**那個身影**驀然閃過眼前，讓我完全沒法抗拒。

真是的，看來我過去被調教得很聽話啊。

「這份偵探的工作，你願意接受了？」

頓時，夏凪臉上浮現驚異之色。從這種反應看起來，她還挺孩子氣的，簡直就像個喜怒不定的小女孩。

「不，我可當不了偵探。但是——」

「但是？」

「如果妳同意，當偵探助手我還可以。」

我這麼說道，夏凪則露出「這是搞什麼鬼」的無奈苦笑。

真抱歉啊，從四年前開始，那就是我的角色了。

「所以說？妳究竟想找誰？」

如果只是要尋人應該花不了太多時間吧，相對於用力伸懶腰的我，夏凪則一本正經地表示。

「這個嘛，我也不是非常確定。我只是想拜託你，**找出我正在尋找的人是誰**。」

原來如此，的確，對於剛才才說過「主觀是這世上最不可靠的東西」的她，這樣的煩惱老實說再恰當不過了。

◆吶，這顆心臟，是誰給的？

「所以，該怎麼說？意思就是，夏凪妳『最近總覺得自己好像忘記了某個人，但卻想不起來那個人是誰』，這就是妳想表達的嗎？」

在那段對話之後，我們走在回家的路上。

兩人順道進入一間咖啡廳，我一邊啜飲咖啡一邊重新跟夏凪討論她的委託內容。

「沒錯。我確定自己非得跟對方見一面說說話不可……不過，我卻無法確定那個人是誰。不管是年齡、性別，或是住在哪裡，簡直是一點頭緒都沒有……啊，這個真好喝。」

夏凪露出淡淡一笑並將馬克杯湊近嘴邊。光是攝取咖啡因這種行為就美如畫還真叫人羨慕。

至於我嘛，以前曾被搭檔形容「你的長相太過無趣只要過個兩天沒見面就會忘記」，都不知道被說過幾次了。

「……幹麼？為什麼死盯著我……？」

或許是終於察覺到我的視線了，夏凪輕輕拉了一下椅子。只見她一邊偷瞄我，一邊用指尖玩著短裙的下襬。

「……妳很想被人盯著看嗎？」

「……！」

我的腦袋冷不防被某種類似摺扇的玩意狠狠敲了一下。

「……真不講理耶。」

「唔，誰叫君塚從剛才就一直出現奇怪的誤解……是說『不講理』這三個字是你的口頭禪嗎？」

「不講理的存在就出現在眼前，我不這麼說還能怎麼辦。」

託她的福，我**久違了**一**年**才終於解禁。其實我也不想使用這個詞彙啊。

「那麼，言歸正傳吧。」

我先啜飲一口咖啡才繼續說道。

「夏凪想尋找的那位身分不明人物——姑且先以X來稱之——妳對這位X有沒有任何一點線索呢？」

「嗯，我也不明白自己為何對這位X如此執著，不過，似乎是從某一刻起，我就突然很想跟X見面。」

明明連對方是誰都搞不清楚。

夏凪這麼說完，凝望著窗外。

「那種感覺，大概是從什麼時候開始的？是從妳有記憶以來，或者升上高中，還是……」

「一年前。」

這句話的口氣倒是極為果斷。

夏凪雖然表示不清楚X的性別、國籍、年齡等等，但唯獨自己對X開始感到在意的時期非常肯定。

「一年前發生了什麼事嗎？」

「我從瀕死之際撿回一條命——不，應該說有人送我一條命。」

她刻意修正說法，其中想必有很大的意義。

因某件事瀕臨性命危機的夏凪，並非單純地撿回一條命。那也意味著——

「在教室裡讓你聽過的心跳聲，那個，**並不是屬於我的**。」

「——是心臟移植嗎？」

夏凪微微點頭。

「我好像從小就有心臟的疾病了。只能一邊等待移植的機會，一邊不斷重複住院出院的生活……因此，我也沒法正常上學。」

「是嗎？難怪我對妳毫無印象。」

「對呀，像我這麼可愛的女孩怎麼可能會讓人一眼略過呢。」

「抱歉，其實我從昨天就被一塊好大的耳屎堵住，所以根本聽不清楚……喂好痛好痛好痛好痛！不要捏我的小指，不要再扭了，會斷掉！」

「是你先打斷話題的吧。」

「這是什麼鬼話啊！」

別再繼續扮演嗜虐狂的人設了，真是有夠貪心。

無視嘆氣的我，夏凪繼續說道。

「然後到了一年前，終於等到了合適的捐贈者，我便立刻接受心臟移植手術。也是從那時候起，X的存在就不時從我的腦中閃現。」

「那麼夏凪，妳已經尋找X一年了嗎？」

「沒有。因為在移植心臟後我得靜養一段時間，完全無法離開病床更不可能採取行動。幸好，這陣子我終於能正常上學了，然後我又讀到你……君塚的新聞報導。」

原來如此，啊。我總算能大致搞清事情的時間軸跟前因後果了。看來，這個問題搞不好能出乎意料地迅速解決。

「記憶轉移。」

聽到我冒出的這個詞，夏凪不解地微微歪著腦袋。

看樣子，她腦中只能理解到這個詞的讀音而已。

既然如此，我換個說法她會比較好理解。

「夏凪在尋找的X真實身分——就是**這顆心臟原本主人**想見的人物。」

「……少說蠢話了。」

「假使妳認為不可能，那為什麼一開始就要對我提起心臟移植的話題。」

我的追問使夏凪陷入沉默。

「妳剛才說，妳是在一年前開始感覺到X的身影，而我問妳『一年前發生了什麼事』，妳就提及關於器官移植使自己得救的話題。這也就是說，X的存在與心臟移植有關聯這點，是妳本人也承認的，難道不是嗎？」

「……君塚，你這個人好惡劣。」

夏凪半瞇著眼瞪我，看來那就是正確答案了。

「記憶轉移這種現象，雖然還無法獲得科學實證，但已經有許多起患者現身說法的案例。一九八八年，一名叫克萊爾·西爾維亞（Claire Sylvia）的猶太人女性在美國接受器官移植手術，幾天後她的飲食習慣就發生了巨大的改變。原本討厭的青椒突然愛吃了，而以前因為身為芭蕾舞者必須避免的速食，現在也變成她的最愛。之後，去詢問器官捐贈者的家人，才知道這跟那位捐贈者男性的喜好完全一致。」

「這些事，只是巧合吧？」

「不光只是那樣。克萊爾還夢見了器官捐贈者的名字，實際去向捐贈者的家人確認，果然一個字也不差。其他還有好幾個類似的案例……妳想繼續聽嗎？」

「……君塚，你這個人真的好惡劣。」

不管妳怎麼看待我，只要妳接受這個理論就行。

「所以，事情是這樣囉？並不是我想見這個X，而是**這顆心臟想見X**？」

「是啊，恐怕就是那樣了。因此這位X的真正身分，就是捐贈者生前的家人、戀人、朋友……其中之一吧。」

「是嗎……」

夏凪將手輕輕按在左胸上，微微咬著嘴唇。

「好吧，反正妳已經接受了。這麼一來問題就解決了啊。」

也算是幫忙幫到底了，至少應該請我喝這杯咖啡當報酬吧。

這麼一想，我就擱著帳單不管逕自站起身——然而。

「嘎？你想去哪？」

夏凪那帶刺的眼眸瞄準了我。

「這時候你要是說想閃人的話我會加倍殺死你。」

「妳這種原創的恐嚇臺詞也太可怕了。」

我被她的殺氣所震懾，只能哭哭啼啼地返回座位。

「我以為討論已經結束了啊？」

「你看一個女孩子摀著胸口，還滿臉憂愁地咬著嘴脣，為什麼能得出這樣的結論啊。」

「不，我以為妳只是沉浸在故事結尾的感傷中啊。」

「你一點都沒有身為人類的同理心嘛。」

身為人類的同理心？那種玩意，早在一年前我就扔到不知哪條暗巷了。

「這麼說的話，夏凪，正如剛才我所言，想見X的人其實並不是妳，而是這顆心臟的主人。那只是捐贈者生前的記憶，跟妳並沒有什麼關係啊。」

「不對！」

夏凪一拍桌子站起身。

「你錯了，那不只是單純的記憶——而是內心的遺憾。就算肉體已死，將心臟繼承給我，捐贈者還是如此想見對方一面。我既然得到了捐贈者的心臟，就至少應該要報答這份恩情才對。所以我很想讓這顆心臟，見X一面。」

她使用的詞句跟先前截然不同。

足以證明，這是任憑情感宣洩所說出的真心話。

「這只是妳在自我滿足罷了。」

「沒錯，我就是在自我滿足。這顆心臟，現在已經是我的了，所以我想要見

X。」

「這跟妳剛才說的話自相矛盾了。」

「……閉嘴，總之你必須幫我。」

咖啡廳的溼紙巾飛了過來。

啪一聲貼在我臉上。

這種半溼半乾的感覺很噁心。

「……妳會支付我酬勞吧。」

我把溼紙巾從臉上拿掉，正好跟滿臉不悅的夏凪四目相交。

「酬勞的話我已經先付過了，剛才不是讓你碰過我的胸部了嗎？」

「這算什麼強迫推銷啊。」

「假使你不肯接受，我就要把君塚的性癖好向全校學生揭露。」

「這句話，我一樣可以原封不動地還給妳喔。」

「唔……吶，我果真是你說的**那樣**嗎……」

「……這真是世上最讓人不快的煩惱諮商啊。」

算了，先把玩笑話擱一邊。

「……嗯，反正我之前已經說過願意接受委託了。」

這也算是已經同意過的工作，我不可能反悔。

——關於委託人的利益，不論如何都要全力維護才行。

我以前被那傢伙唸到耳朵都快長繭了。

「那麼，明天下午兩點，在車站前會合。」

「咦，明天？」

「是啊，今天已經有點太晚了。」

這回總可以脫身了吧，我無奈地拿著帳單站起身。

「妳，不是想見X嗎？」

◆當然這根本不是約會

「讓你久等了。」

假日的車站前。

躲在柱子的陰影下我望向手錶，這時突然有人「砰」地拍了我的背一下。

回頭一看，身著便服的夏凪正搖晃著手裡的小手提包。

露肩上衣毫不吝惜地露出白皙的鎖骨，丹寧短褲底下則是一雙纖細筆直的長腿。這種造型跟她的姓名真是十分相稱。

「請你不要用那種色瞇瞇的眼神盯著不是女友的同年級女同學。」

「妳這把胸部壓在不是男友的同年級男同學臉上的傢伙想說什麼？」
「你那時明明很高興。」
「…………」
糟糕，我無法否認。
「比起那個，夏凪妳遲到了十五分鐘喔，請好好遵守時間。」
因為無法否認，我只好轉移話題。
「女孩子不論去哪裡，都要花時間準備的。」
說完夏凪嘟起嘴脣，上頭抹了一層鮮豔的脣膏。
原來如此，她今天的模樣的確比昨天成熟了三分。
「是嗎？真抱歉。」
「你怎麼突然這麼聽話。」
「呃，有美女相伴我也覺得挺開心的就是了。」
「……呼嗯，算你會說話。」
夏凪這麼咕噥道，然後用比我矮十公分的視野朝上仰望我的臉龐。
「……幹什麼？」
「沒事。」
「怎麼了啊！」

「沒事～」

不，說真的她到底想幹什麼……

我俯瞰著夏凪，在這種角度下她的胸口變得格外顯眼。

「…………你看太爽了吧？」

攻守態勢逆轉。夏凪白眼瞪著我，並用手臂環抱自己的身體。

「不，我不是在看胸部，是看那個，鎖骨。我只是在觀察鎖骨。」

「好可怕！說是偷看胸部還比較正常一點！」

「夏凪，以妳的年紀來說，妳的鎖骨長得真漂亮啊。」

「我可不知道鎖骨跟年紀有什麼因果關係！你幹麼說得一副好像鎖骨評論家的口氣!?……不對，鎖骨評論家又是什麼鬼！」

「……嗯，我們之前是不是已經出現過類似的爭論了？」

「這種對話要是重複好幾遍簡直就是地獄嘛。」

赴約短短沒多久便憔悴消瘦的夏凪抱頭叫苦道。

「……是說，不知不覺中我好像變成負責吐槽的角色了？」

「偶爾也要交換一下啊。」

不，說真的我也一點都不想負責這個位置喔。

「那麼，差不多該動身囉。」

我拍拍夏凪的肩膀，走在前面領路。

「要上哪去？你這樣裸體可是會被逮捕的喔。」

「用不著每句對話都裝傻吧，我可沒打算使用敘述性詭計（註2）。」

……不過，真是萬萬沒想到啊。

夏凪的一句戲言，卻意外地擦到了問題核心。

那之後走了大約十分鐘左右，**目的地**映入眼簾。

「喂，君塚，我本來以為應該不可能，但我們現在該不會是要去那裡吧？」

「我們的目的是要找人，既然如此，來這裡也不需要大驚小怪吧？」

但夏凪卻一副無法接受的樣子蹙起眉。

「你打算去那裡找出X的所在位置嗎？」

「不，現在這只是前置階段。所謂『射人先射馬』啊。」

「人是X……那，馬就是……心臟？」

「說對了。夏凪，首先從救妳一命的捐贈者那邊著手調查。」

夏凪想尋找的人物X，應該是跟心臟原本主人很親近的存在才對。

註2　推理小說的一種寫作手法。透過運用語言上的歧義或偷換文字結構的方式，達到誤導讀者的目的。

既然如此，先找出那位捐贈者是誰才是第一要務吧。

「就算你說對了，那我們不是應該先去醫院嗎？」

「我也很想去醫院，但很遺憾我在醫療領域完全沒有門路。」

「……所以你在這種地方卻有門路。」

「哎，放鬆一點別繃著身子。我們要進去囉。」

就像這樣，我們邁入了這棟如摩天大樓般高聳的**警視廳**。

◆把你的腦袋打飛

「喔，好久不見了啊，臭小鬼。你終於打算來自首了？」

在我們所等待的房間中，半晌後才現身的那號人物，一屁股重重坐在我跟夏凪對面的沙發上，懶散地伸出長腿。

「風靡小姐，女性把腳岔這麼開是不是不太妥當。」

「少囉唆。既然在這種地方工作就跟性別沒什麼關係了。」

她一邊說著，這回又點燃了一根粗雪茄。

她的五官明明稱得上華美或豔麗，但制服卻穿得十分邋遢。

至於髮型，一頭彷彿在燃燒的紅髮極為草率地束成馬尾。

第一次看到她這副模樣的人，絕不會想到她是一名警官吧。

加瀨風靡——職位是警部補。

想起五、六年前剛認識她時，她還只是一名巡查，二十多歲（應該吧）就能升上現在的職位，算是相當出人頭地了。

「所以說，這回你又犯了啥案子？竊盜？殺人？」

「我什麼案子都沒犯啊。不如說我最近又逮到了竊盜犯，還接受表揚咧。」

「這座城市裡發生的犯罪，有七成都是你第一個發現的。這樣會被懷疑是自導自演也不能怪人吧？」

「沒辦法，我的體質就是那樣啊。」

風靡小姐跟我的糾葛，是打從她升上警官，可以前往犯罪現場搜查時就同步展開了。

以她的觀點，我這個隨便就在殺人現場出沒的可疑小學生一定很礙眼吧。

雖然我很想解開這種誤會，但如今她好像還是很懷疑我。

「這種體質，是嗎……也是這種能力把真正的偵探吸引過來了？」

「……天曉得。真要說起來，應該是那傢伙擅自找上我，把我耍得團團轉之後又獨自一人前往遠方的世界了，這才是她給我的印象啊。」

沒錯，遠方的世界。

那一定是，連地圖都沒有記載，非常遠、非常遠的——

「哈，這麼說也沒錯啦。」

風靡小姐瞇起眼，發出嘶啞的聲音笑道。

「所以你呢？現在自己一個人行動嗎？」

「……不，只有我一個人完全派不上用場。況且**那些傢伙**好像根本沒把我放在眼裡，最近簡直是平靜到可怕的地步。」

「喔喔，真是冷淡無情的傢伙啊。反正死人也不能反駁你了？」

我可不敢說得那麼過分，總覺得那傢伙會陰魂不散。

「好痛！」

這時，一陣尖銳的麻痛竄過我的腳板。

看向腳邊，夏凪的運動鞋正踏在我的腳上。

「妳幹麼啦？」

「呃……啊啊，沒事，不知不覺就踩了？是說，你們別把我擱著不管啊。」

不要不知不覺就使用暴力啊，真是的。

「唔、對了風靡小姐，言歸正傳吧，我是來找妳討論關於她（註3）的事。」

註3　原文此處為「彼女」，亦有「女朋友」的意思。

「女朋友？」

「只是個第三人稱罷了。」

風靡小姐將視線轉向坐在我旁邊的夏凪。

「初次見面，我叫夏凪渚，這次是君塚同學介紹我來的。」

君塚同學……這種叫法還真新鮮。

是說，夏凪在陌生人面前會乖乖裝出一副恭敬有禮的樣子啊。

「討論、介紹，是嗎？也罷，說說看是什麼事吧。」

長話短說——風靡小姐補上這麼一句後，又點燃了第二根雪茄。

隨後又過了幾分鐘。

「原來如此。」

話說完了，風靡小姐吐出最後一口好長的煙，才將菸蒂按滅在菸灰缸裡。

「你的意思我懂了……不過，為什麼要找上**這裡**？」

她那原本就銳利的眼眸瞇得更細了，還狠狠瞪著我們。

「你說要找提供心臟的人……但我們這裡又不是醫生。」

「既然要找人，真要說起來還是屬於警方的工作吧。」

「找捐贈者並不是我們的專長。」

風靡小姐臉上浮現明顯的不悅表情，並粗魯地翹著腳。

「看吧，果然找錯地方了。」

夏凪對我咬耳朵，還用手肘輕輕頂了一下。哎，妳先稍安勿躁。

「即便是警方，跟這種案件也不是全然無關吧？不如說，你們警察如果不在場的話，也無法判定可能成為器官捐贈者的病患腦死。」

所有判定為腦死的案件，在法律上都有義務對警察廳刑事局搜查第一課提出報告。在驗屍等等手續方面，也全在各轄區的警察署長管理、監督下進行。因此，我找上警方（這裡）並不算太離譜。更何況——

「我的目的並不是要來警署，**而是想來見妳啊**。」

並不是任何一位警察都行。我要找的不是別人，是只有風靡小姐可以拜託。

「就算見了我，又能幫你什麼忙？」

「風靡小姐，妳跟普通的警察不同。」

「不同？哪方面？」

「覺悟吧。」

或者該說，目的。

這個人，跟那些追求金錢與權力的警官不同。所以這麼說雖然有點過意不去，但她不適合以常識論斷。

「捐贈者的個人資料是不可能提供給一般民眾的。」

「我知道。」

「況且那項業務也不是歸我管轄，以我現在的職位並沒有提供情報的權限。」

「這個我也知道。」

「那為什麼還要來找我？」

「即便如此，我仍舊覺得只要是風靡小姐一定能想出辦法的。」

「……你白痴喔。」

風靡小姐好像有點尷尬地用力搔抓那頭紅色秀髮。

「那個，我猜你也知道，我還是想往上爬的。因此，我可不想做這種會害我失足落馬的危險勾當。」

「哈哈，都什麼時候了，還說得自己像個正常警察一樣。」

「把你的腦袋打飛喔。」

一把手槍抵住我的額頭。

「……呃，我覺得妳現在做的這件事才叫危險勾當吧。」

自己看看，甚至連那個夏凪都露出了僵硬的表情。

「嗯，總之就是這樣。雖然對這位小姐很抱歉，不過還是請回吧。」

把手槍收回腰際，風靡小姐用力伸了個懶腰。

「怎麼這樣……拜託妳。不論如何，我……」

「就算妳低頭求我，辦不到的事還是辦不到。」

這麼說完後，風靡小姐一邊活動肩膀一邊站起身。

「而且，我很忙的。待會還預定去**別墅**露臉一下。」

別墅？……啊啊，是指那裡嗎？

夏凪臉上浮現愕然不解的表情，不過現在暫時沒空向她說明。

「妳是打算去見誰嗎？」

手已經搭上門的風靡小姐停住腳步。

「是一個你也很熟的傢伙。哈，所以，假使**你們想擅自跟在我後頭一起來**，我不會阻止你們。」

果然，被我料中了。真是的，這傢伙一點也不坦率。

「姑且先確認一下，那個人，聽力很好對嗎？」

這時，風靡小姐轉過身如此答道。

「是啊——好到**只要聽過一次的心跳聲就再也不會忘記**了。」

◆不，那不是淫語而是隱語

車程十五分鐘——所在地點從警署移動到**別墅**的我們，跟隨風靡小姐通過**嚴格的警備設施**，最後潛入深深的地底。

階梯不斷往下延伸……伴隨的照明數量也越來越少，只有腳步聲格外刺耳地迴盪著。

「會客時間，扣掉我在上面處理公務就只有二十分鐘左右，你們能守時嗎？」

走在前面的風靡小姐，朝背後拋來這個問題。

「那當然。」

是你們自己跟來的所以我不會管你們——她先前雖然這麼放話，但還是細心地幫我們帶路，儘管性格不夠坦率但未免也對人太好了吧。是說，在來此的路上她還讓我們順道搭警車咧。

「風靡小姐自己不去見那個人嗎？」

「哼，反正不管我說什麼那傢伙都不會吐實的，只是浪費時間罷了。」

「連風靡小姐都感到棘手，還真有兩下子啊。」

「說得好像事不關己一樣，明明是你把他抓進來的。」

「這件事我不清楚喔，請妳對如今已故的名偵探說吧。」

不要拿搭檔當免死金牌——風靡小姐輕輕敲了我的腦袋一下。

「看，已經到囉。」

隨後我們所步下的樓層，在昏暗的屋內有更為滯重的空氣籠罩著。霉味簡直可以把人的鼻子給臭歪。

「聽好囉，僅限二十分鐘喔？再多就不行了，小姐也沒問題吧？」

風靡小姐輕輕舉起手最後又叮囑一遍，這才爬回剛剛下來的樓梯。

這麼一來被留下的只有我，以及。

「……喂君塚，現在問這個好像有點太遲了，不過不是說要去別墅嗎？」

彷彿心情很緊張正東張西望的夏凪一名。

「對啊，所以這裡就是別墅囉，夏凪。」

「哪裡像了！」

哪裡像……別問我啊。

「其實就是監獄。」

「所以我才問為什麼嘛！」

夏凪毫不留情地扯著我的耳朵。原來她只在生人面前裝乖嗎？

「本來我還想像會來到小木屋風格的建築，結果四面八方都是鋼筋水泥。雖說其中有一邊是鐵窗就是了。」

「就說了是監獄嘛。」

「剛才說的別墅呢？別墅。」

「那叫隱語，隱語啦。」

「淫、淫語？」

「……我說妳啊。」

為什麼感覺她有點亢奮起來，根本是明知故問嘛。

「監獄的隱語，就叫別墅，這是常識啊。」

「哪門子的常識。」

「對一個從中學時代起，日常生活中就得帶不知內容物為何的手提箱飛往海外的傢伙，這種事就算常識了。」

「唔哇，我絕對不想認識這種傢伙。」

現在剛好就在妳旁邊，妳旁邊啊。

「所以呢？為什麼我們要來這？」

夏凪或許漸漸習慣這個地方了，正探頭探腦試圖窺視鐵窗的另一邊。

「不是那一間，我們的目的地是在最裡面。」

我走在夏凪前面領路。

「裡面關了誰？」

「大叔。」

「你嚴肅一點。」

「一個放棄人性的，大叔。」

「那還用你說都被關在這裡了，一定是很沒人性的吧……」

「不，我的意思不是那樣。」

我說這些話的態度極為嚴肅，而且那也是難以扭轉的事實。

「等下我們要去見的那個男的，可是千真萬確的，**不是人**。」

因此，假如我的，或者該說我們的——包括日常與非日常的這些所有部分，全都濃縮成一個故事，而且還有人期待這會是一個正宗懸疑推理作品的話，那我想趁現在先向他們道個歉。後續的內容，絕對不會讓他們感到有趣的。

「君塚，這個男的就是……」

沒多久，夏凪便輕輕扯著我的袖口。

那是一間位於地底下最深處、被完全密閉的鋼鐵小屋。從正面唯一一塊小玻璃板往裡頭窺伺，可以看到一名手被銬住的男子坐著。

又過了一會，鐵捲門才發出嘰嘰嘰的鈍重聲響朝旁邊打開。

「喔，真是久違了啊——《蝙蝠》。」

我的呼喚聲讓男子的身體抖了一下。滿臉鬍碴、一頭蓬亂金髮的那傢伙，最後終於緩緩把臉轉向我這邊。

「真令人懷念啊——名偵探。」

◆心臟、蝙蝠——人造人

我，認識這間牢房裡的男人。

他的名字，**通稱**為蝙蝠。如果可以，是我絕不想再見第二次面的對象。

然而，正如風靡小姐所暗示的那樣，假使是這傢伙，搞不好能解決夏凪面臨的問題也說不定。這全是為了工作——如此果斷地認定後，我才與蝙蝠面對面。

「很遺憾，我可不是名偵探啊。」

真抱歉，在這裡的只有助手跟委託人而已。

「嗯？……啊——你是，對了，是華生啊。」

用頗為飄忽不定的視線朝上瞪了我一下，蝙蝠這才微微掀起嘴角。

「你的日語還是一如往常地流利啊。」

「哈哈，對於像我這種人來說這可是必備技能。更何況我都在這邊住了那麼多年，母語反而快忘了。」

記得這傢伙好像是來自北歐。只是，他那對自豪的祖母綠色眼珠，如今卻顯得混濁不堪。

「你的眼睛，還看得見嗎？」

「不，已經不管用了。是說對我而言，眼睛這種東西長不長在臉上都無所謂就是了。」

「你的價值觀真豁達啊。」

「你這個死魚眼華生不也半斤八兩嗎？」

「那真是本世紀最大的壞消息啊。另外，如果可以還是別那樣叫我了。」

「哈哈。怎麼，扮演助手的遊戲已經收攤了嗎？」

……嗯，我本來是那麼打算的。

「蝙蝠，我今天來找你是有話要談。」

「哼，那是理所當然的，如果沒什麼特別的事，你們怎麼可能會專程來這種地方找我。」

你**們**……嗎？的確，當初剛遇到這傢伙時，就是我**們**沒錯。

不過，那已經是過去式了。

「好吧，說來聽聽。反正，這裡的生活很無趣，拿來殺時間也好。」

蝙蝠催促道，總覺得他的語調有點亢奮。

「是嗎？那我先來介紹一下。我身邊這位是夏凪渚，跟我同年級。」

「夏凪，渚？」

這時蝙蝠微微轉動臉龐，將混濁的眼珠對準夏凪。

「……初次見面，我叫夏凪。」

夏凪一瞬間有點畏縮，不過很快又恢復平時那種毅然的表情，勇敢面對眼前的囚犯。

「今天，是想來討論一下關於我心臟的事。」

那之後又過了幾分鐘。

「原來如此，事情是這樣啊，難怪。」

夏凪剛剛才把自己目前面臨的問題說完，蝙蝠便活動脖子讓頸關節發出聲響。

「總而言之，就是想問我知不知道這顆心臟原本的主人是誰吧？」

「沒錯，就是那樣……但話雖如此——」

說到這，夏凪貼近我耳邊問道。

「說真的，問這個人有用嗎？」

對喔，經夏凪這麼一提，我才想起還沒對她解釋過這一點。

「啊——這個男的……」

「喂喂小姐妳太沒禮貌了吧。」

「糟糕，被聽到了。」夏凪似乎很不好意思地把臉撇到其他方向。

被聽到也是理所當然的，畢竟這個男的——

「哈哈，類似這種距離，我就算不豎起耳朵都能聽見啊。老實說只要我有那個意思，**百公里外的人們交談聲**我都能聽得一清二楚。」

這就是，《蝙蝠》這個代號的由來。

那傢伙，不是人類。

是我過往搭檔一直到臨死前都在與其戰鬥的——「人造人」之一。

「不過，做為代價，**我的視力被奪走了**。更何況，就算是我自豪的聽力，在這種地方也派不上用場。只要這座牢房的門一關上，周遭的聲音就會被完全阻絕。所謂的行屍走肉就像這樣吧？哈哈！」

蝙蝠用這種無聊的笑話自我嘲諷。

「不過，像現在這樣，一旦我的聽力恢復運作，要聽清楚妳的心跳聲，根本是易如反掌。」

「怎麼可能，太離譜了……」

「離譜的事，到處都有。就在這個世上。」

世界可是很廣闊的——蝙蝠對夏凪如此笑道。

感覺像是在試圖說服對方，又感覺沒有。他這種唬人的口吻還是一如往常。

風靡小姐會不厭其煩地限定會客時間，一定也是出自這個理由。

「……就算我相信你的話好了，你聽見我的心跳聲又能怎麼樣？」

夏凪以警戒的態度催促蝙蝠繼續說下去。

「從我這幾十年內所遇過的所有人們心跳資料庫當中，搜索看看有沒有跟妳一致的對象。」

「這簡直是胡鬧嘛……說穿了，這顆心臟的原本主人，以前曾跟你見過面的機率根本是微乎其……」

「不，夏凪，關於這點妳或許可以稍微期待一下。」

「君塚？你那是什麼意思？」

畢竟，這傢伙的經歷可是不同於常人。

他是一名遵從**命令**，前往世界各地活動的「人造人」。

如果是這傢伙，搞不好真的見過夏凪心臟的生前主人也說不定。此外，他那對具備異常聽覺的人工耳，就連心跳聲都能清楚分辨。他就是這種離譜的怪胎。

「我也不打算對夏凪隱瞞，我太瞭解這個男人了。我第一次碰到他是在**四年前**——位於一萬公尺高的雲層之上。」

沒錯，就是那天。

我跟那位名偵探邂逅的日子。

這個男的，也搭上了同一架班機。

「哈哈，已經過了四年那麼久啦，真叫人懷念……對了，要不要跟我聊聊往事啊？」

蝙蝠那混濁的眼珠發出了微弱的光芒。

「很抱歉我沒有那麼多時間，風靡小姐限制了會客時間的長短。」

「啊啊，又是那個屁股跟態度都很狂傲的女人嗎？也罷，你之後就算把關於**我們**的情報稍微洩漏給她也無妨，這麼一來她應該會心情好一點吧。」

「蝙蝠，你在打什麼主意？」

主動拜託他的我們說這種話是有點奇怪，但不管怎樣他未免也太合作了吧？就算我們是那種能隨口吐槽的關係，但蝙蝠跟我絕對不是什麼同伴。

「我可沒動什麼歪腦筋喔。只不過是遇到久違的訪客，心情有點愉快罷了。」

什麼嘛，這種理由未免太假了。

……然而，倘若在這裡惹這個男的不高興，好不容易掌握的線索或許就要化為烏有了。

「抱歉，夏凪，可能要花一點時間。」

真是的，既然如此也沒辦法了。

我開始回憶——四年前的那一天，究竟發生了什麼事。

◆請問各位乘客當中，有職業是偵探的嗎？

「這種天氣晴朗的好日子，我究竟在做什麼啊。」

實際上跟天氣也沒什麼關聯就是了……在一萬公尺的高空，一邊眺望窗外的雲層，我一邊對自己這個中學二年級生的命運一股腦地咒罵。

我煩惱的源頭，正沉睡在位於座位上方的行李置物櫃中。

然而，要是我拒絕了**那些黑衣男子**的要求，真不知道會有什麼樣的下場。

唉，這種情況要是稱不上不幸又能稱為什麼呢。

正當我像這樣為己身的命運感嘆時——我聽見了**那句臺詞**。

「請問各位乘客當中，有職業是偵探的嗎？」

一開始我以為自己聽錯了。

然而，第二次廣播讓我接受了現實。

在這架班機中，發生了某個需要偵探處理的事件。

不過說實話吧——類似這種讓人摸不著頭緒的麻煩事，我至今為止已經遇過太多次了。我這種容易被牽扯上的倒楣體質，可不是自吹自擂啊。

不過話又說回來，這回我只要用各種方式努力裝死應該就能閃過了吧？只要閉上眼，風波遲早會過去的。

如果有人質疑我是不是抱持如此天真的想法，那我也不得不承認。

只是，這回的情況跟以往不同。

有件事讓我不由得睜大了雙眼。

不是其他什麼原因，鐵定就是坐在我隔壁座位的**她**了。

「這裡，我就是偵探。」

那就是我，君塚君彥——跟她，希耶絲塔的邂逅。

她生著完全不像日本人的秀髮與眼珠顏色，彷彿琉璃工藝品的精緻、端整五官。此外包裹她全身的，則是讓人不自覺聯想起軍裝的特殊款式連身裙，簡直就是完整體現了何謂超現實的美。

如此奇蹟般的美少女就坐在身邊，我對方才一直沒有察覺出她的存在感到非常羞愧——於是我完全忘了自己身處的局勢，主動對她出聲道。

「那個，妳的名字是……」

然而，那卻不是我所期盼的那種宿命的邂逅。

「真是太巧了。你——就當我的助手好了。」

「嘎？」

我還來不及說完，少女就已經抓住我的手從座位站起身。

「請往這邊！」

「我馬上過去。」

少女跟著空服員跨大步邁去……後頭則是手被拽著的我。在那群瞠目結舌的旅客注視下，我的奇妙旅程還在繼續。

怎麼了，這是？我又遇到什麼了嗎？

……啊啊對喔，她是偵探，嗎？

少女的強大存在感害我一時完全忘了。如今在這架班機內，發生了某種亟需偵探幫忙的事態。然後她剛才，叫我當她的……助手對嗎？

拉著我的這位美少女是偵探，而我則是她的助手。我生來就是這種容易被牽扯進事件的體質，短短十幾年的人生在各種不同的麻煩中苟延殘喘，如今的發展更是讓我連想要進入狀況都很困難。

不過，不顧我的這番困惑，少女逕自表示。

「希耶絲塔。」

連頭也不回，她只說了這麼一句。

「就是我的名字。」

「……真奇怪的名字啊。」

我好不容易才勉強擠出這句話。

「那是代號唷。」

「代號？」

「正常情況下，大家都有吧？」

「正常情況下，大家都沒有吧。」

一般人，誰會有這種東西啊？

「那，你的名字是？」

「君塚，君彥。」

「是嗎？那以後就叫你『君』吧。」

「……那是妳幫我取的綽號？還是單純的第二人稱？」

我這麼一問，希耶絲塔才首度回過頭。

「天曉得呀？你覺得是哪一個？」

同時臉上掛著一億分的可愛微笑。

現在不是上演戀愛喜劇的時候了。

我們被空服員帶去的地方，是飛機操控室——也就是駕駛艙。

看來事件是發生在最糟糕的地點了。

「我把偵探小姐，以及其助手都帶來了。」

我這頭銜也加得真快啊……

不過現在連吐槽的時間都不夠了，事態正持續發展中。

空服員敲敲門，緊接著，傳來一聲電子音和應該是門鎖解除的聲響，沉重的機艙門打開了。

「這是……」

我懷疑起眼前的光景。

在狹窄的駕駛艙內——正副機師分別坐在兩個座位上。

那兩人當中，年紀比較長的那位男性——恐怕就是正機師吧，正臉色蒼白地抓著操縱桿，至於另一位比較年輕的——副機師，已經彎下身子失去意識。而且，**還有一人，正盤腿坐在那位渾身癱軟的副機師身上**。

「喔呵，這裡還真的有偵探啊。」

男子的一頭金髮與祖母綠色眼珠是最明顯的特徵。

儘管說著日語，但從他的膚色跟五官判斷，應該屬於北歐民族出身。

男子依然坐在副機師身上——臉上浮現一派從容的表情，彷彿在比對我跟希耶絲塔的臉孔般進行觀察。

「來的傢伙比我預想中更年輕。不過也罷，你們當中哪個是偵探？」

聲音像是在嘲諷人。

這麼做或許是為了給我們製造壓力，並讓他多少保持一點優越感吧。

不，真要說起來，他就算不做這種事，我所陷入的狀況也已經惡劣到極點了。

就連我這種倒楣鬼，至今也沒有碰上劫機犯的經驗。雖然很不想承認，但我已經雙腿發軟了。

「首先，你叫什麼名字？」

不過，另外有一個傢伙，毫無懼色。

包括臉色發青的正機師、失去意識的副機師，以及妝容因冒冷汗而糊掉的空服員，那群被歹徒震懾的大人們都被她擱在一旁不管。這名年僅十多歲的少女，獨自一人擋在劫機犯面前。

「蝙蝠。」

男子說那是他的代號。

這時，希耶絲塔轉向我這邊。

「看吧，果然大家都有代號對不對？」

「不，誰還管這個啊！」

這種事管它去死啊！現在絕對不是討論那個的場合吧！

我催促不知為何臉上有點得意的希耶絲塔轉回前面，繼續與那位劫機犯——蝙蝠進行對峙。

「我叫希耶絲塔，這位是我的助手華生。我們是在貝克街一塊長大的。」

這女人的胡扯宛如洪水氾濫般滔滔不絕，膽子也太大了吧。

「那麼，蝙蝠——你的目的是？為什麼要找我……這位**名偵探**過來？」

對喔。

都是希耶絲塔的一派輕鬆害的，我差點忘掉眼前所面臨的事態了。

「哈哈，哈哈！真有趣的女人啊。很好，我也覺得輕鬆多了。」

蝙蝠笑道，跟剛才一樣繼續坐在副機師身上如此說著。

「試著推理看看我挾持這架飛機的理由吧。假如妳能完全猜中，我就不扭斷機長的脖子了。」

瞬間——全體機組員及乘客合計六百條性命，全都寄託於一位名偵探的活躍中。

◆劫機犯VS名偵探

「挾持這架飛機的理由，嗎？」

希耶絲塔將劫機犯——蝙蝠的話重複一遍，並用手指抵著自己小巧的下顎。

「只是為了讓人推理這件事，就把我們叫來嗎？」

「是啊，沒錯。這是遊戲，遊戲啊。一個賭上機組員及乘客六百條性命的死亡遊戲……不是讓人很興奮嗎？」

蝙蝠臉上浮現意味深長的笑容，視線掃過這裡就像舔遍我們全身般。真是一個光看了就叫人反胃的傢伙啊。

「你們過關的條件，就是猜出我嘗試劫機的理由，只有這樣而已。」

「成功的話就能拯救所有人的性命，失敗就等於死亡，對嗎？」

「說對了。規則非常簡單吧？」

「沒錯。不過假使我們失敗了，你也難逃一死。」

希耶絲塔以彷彿能貫穿人的視線對準蝙蝠。

「……是啊。我也沒厲害到有辦法從墜落的飛機中逃生啊。」

「你不珍惜自己的性命嗎？」

「不這麼做就無法感覺自己真的活著，大概類似這樣吧。」

「是嗎？你還真是吃飽太閒呢。」

希耶絲塔的大膽令人吃驚，竟然敢跟劫機犯在言語上針鋒相對。

在看似輕鬆隨意的應答當中，彷彿暗藏著看不見的利刃。

或者該說，這兩人更激烈的戰鬥從此刻才正要展開——

「是啊，我很閒。閒到跑來遙遠的外國糊裡糊塗劫機的程度。」

「好，那這就是答案。」

結果，下一秒鐘——

「你就是因為閒到發慌才會跑來劫機。」

最終解答——希耶絲塔表示。

沒事先徵詢其他人的意見，希耶絲塔擅自行使了遊戲的最終解答權。

「……先等一下希耶絲塔，別那麼急。妳剛才是認真的嗎？」

劫機的理由——因為太閒了。

這種事，怎麼可能呢。高調、浮誇地拉開了劫機犯VS名偵探的序幕，真相卻是

這個怎麼能讓人接受？妳的這個答案可是攸關機組員及乘客的六百條性命啊。

「當然，我是認真的唷。剛才這男的不是也說了？因為他太閒，閒到發慌，所

以才跑來劫機。」

「……他的確這麼說過，不過那只是某種玩笑話吧？」

「咦，既然如此，那他就是在說謊囉？」

「嘎？」

這時希耶絲塔將視線從我轉向蝙蝠那邊。

「因為對名偵探太輕忽大意，只好將自己不小心說溜嘴的答案試圖以謊言蒙混過去，然後強行以讓我輸掉遊戲的結果作收。也就是說——你正在害怕，對吧？」

絲毫不見一點怯色，希耶絲塔如此放話道。

「——哈哈。哈哈哈，哈哈哈哈哈！了不起，真了不起啊。哎，回答得真是漂亮，漂亮極了。誰給妳那麼大的勇氣。」

結果蝙蝠聽了，從一開始的平靜……漸漸變成彷彿再也無法按捺般，捧腹大笑起來。

「哎，怎麼可能，太離譜了。竟然用片面之詞把我包裝成那種人，哎我甘拜下風，甘拜下風啊。」

……喂喂，騙人的吧？

劫機的理由，真的只是為了打發時間？

或者說，是希耶絲塔這過於光明正大的態度，唬得他失去了戰意？

「雖然這種結果比我預期中來得無趣，不過也罷。反正我的目的已經達成了，就在此收手吧。」

蝙蝠從副機師身上下來，朝我們這邊走來。

「啊啊，不必擔心他。**那樣**只會讓人失去意識而已，並不會死。是說等抵達機場後我應該會被逮捕吧，但因為我沒有殺人，只要**進別墅暫住一段時間**，之後就能出來了吧。」

蝙蝠嘆著氣從我們旁邊通過，打算返回原本他在客艙的座位。

「那麼，等到了目的地再叫我起床。啊——屆時媒體記者一定很煩人，順便幫我準備一件可以遮臉的夾克。」

就這樣，當他試圖離開現場的時候……

「是嗎？原來你真的說謊了。」

希耶絲塔以毫不帶任何情感的聲音說道。

「……妳說什麼？」

聽了她的放話，蝙蝠也停下腳步。

「不，沒事。」

「……呃，我說啊，偵探小姐。沒錯，我劫持這架客機另有其他真正的理由。不過，看在妳膽大包天的份上，我就假裝自己輸了。真是的，不要逼我把這件事公告出來啊。」

果然，事情沒那麼簡單。

我還在想犯人為何那麼快認輸，結果是託了希耶絲塔蠻勇的福啊。

要說我不好奇事件真相是騙人的，不過那種事可以等飛機平安降落後，讓警方去解決就行。

比起那個，如今最要緊的就是讓這個男的別再改變想法，盡量別刺激他，讓他乖乖返回座位。沒錯，這鐵定才是派我在這個場合擔任助手的真正用意。

「對啊，希耶絲塔。妳也該學學對方成熟的處理態度，而我們也差不多該回自己原本的座位了……」

「不，我所說的說謊，並不是指那個。」

……啊啊，是嗎？

假如她是能成熟處理事情的人，一開始就不會主動自稱名偵探了吧。

「你先前說就算不惜自己的性命也要劫機，這部分是騙人的吧？事實上，**你非常怕死對嗎？**」

希耶絲塔再度點燃了導火線。

「……妳說什麼？」

蝙蝠依然背對這邊，只是已經站住不動，他低聲地這麼反問道。

「你太早撤退了。」

「撤退什麼？」

「我是指你輕易認輸收手這點。如今這個時代，而且又是在安檢極難突破的日本客機上，光憑一人就有能力劫機的男子，怎麼會遇上一個女孩就如此輕易放棄呢。」

……這麼說的確沒錯，我也感到非常好奇。

他如此高調地安排了這座舞臺，最後卻輕易地乖乖投降。我本來試圖以運氣好來說服自己……但希耶絲塔卻不願假裝沒看見。

「恐怕，你是遵從某人的命令才進行劫機的。此外，那傢伙也命令你，你本身必須跟墜落的客機一塊喪命──我說錯了嗎？」

「…………」

蝙蝠默默無語，一定是代表肯定了吧。

「然而，你真的很怕死。由於不想死，才編造一個不必死也能結束事件的理由，還藉機利用我們對嗎？」

這位劫機犯，從**某人**那邊接到了必須跟客機同歸於盡的命令──不過，他一開始雖然遵從命令，但到了最後關頭卻貪生怕死起來。

因此他才臨時想出一個，叫偵探過來的推理遊戲──讓對方猜測自己嘗試劫機的理由，使這起事件能以劫機未遂收場。除了乘客外，自己的性命也能保存。

「等抵達機場後我應該會被逮捕吧」——蝙蝠剛才說完這句時嘆了口氣。不過那並非只是單純的嘆息，也有心情放鬆的意味在內。

一旦劫機以失敗收場，蝙蝠鐵定會被向他下令的**某人**幹掉。因此，他想在事件冷卻前尋求日本警方的保護。

沒錯，所以希耶絲塔不管猜什麼理由都行。

即便希耶絲塔回答劫機的理由是「為了錢」、「釋放囚犯」、「外交問題」等等，蝙蝠也會用含糊的態度跟話語蒙混過去，將希耶絲塔的回答說是正確答案。畢竟比任何人更希望這次劫機失敗的，就是蝙蝠本人了。

……嗯，不過，這樣一來。

「只是，既然如此，你又為何要故意上演一場推理遊戲？就算劫機到一半想收手不幹了，也不必如此大費周章，乖乖投降不就得了？」

沒必要特地叫什麼偵探過來，讓飛機自行降落後直接去投案也行吧。

「是他的自尊不允許吧。」

希耶絲塔咕噥著。

「並不是不戰而降，是好好打過以後才認輸的。就算戰鬥只是形式也好。」

原來是這樣啊。

就在不遠處的劫機犯本人，依然保持背對我們，一個字也沒說。

他沉默不語。

「喂，**最後**讓我再問一個問題。」

蝙蝠叫住了正準備回座位的希耶絲塔跟我。

「為什麼妳能完全料中？」

徹底敗給名偵探的反派，在最後一刻詢問自己敗北的理由。

「妳是以什麼當線索進行推理的？真的只是因為我太早收手這點——」

「唉，那也是一個因素。」

希耶絲塔發出放鬆的聲音並回頭說道。

「但打從一開始，我就對你非常瞭解了。」

「……怎麼說？」

「不管是你今天會搭上這架班機，試圖劫機，以及關於命令你這麼做的幕後同夥等等，我全都知道。」

……什麼？

那希耶絲塔是在理解一切的情況下，才刻意搭上這架班機嗎？

此外，她甚至連推理都不用，打從一開始就能掌握事態的發展了？

「所謂一流的偵探，是在事件發生前就預先解決了。」

呃，只怪自己在機內迷糊地**午睡**了一會兒，才慢半拍現身。

希耶絲塔最後補上這麼一句，並撥起秀髮。

這就是她代號的由來嗎？不過她的五官並不像西班牙人。（註4）

「……是嗎？原來是這麼回事啊。」

蝙蝠還是背對我們，對希耶絲塔的破梗只是淡然地予以回應。

「哎，果然為了慎重起見，在**最後一刻**進行確認才是正解。」

「助手，趴下。」

我身邊的希耶絲塔喃喃說道。

「所謂一流的探員，可是會在事情萌芽時就搶先斬除後患啊。」

蝙蝠語畢瞬間，或者是在他話音未落前，我的身體就受到一股強烈的衝擊。

「痛死我了。」

等回過神才發現自己一屁股跌在地板上。

我剛才是被什麼……不對，是被希耶絲塔撞飛了？

「喂希耶絲塔，妳究竟在搞什……嘎？」

註4　西班牙文的午睡是「Siesta」。

在我面前，希耶絲塔的肩頭正大量冒出深紅色的液體。

至於在另一側，則是一邊用力搔頭，一邊呆立不動的蝙蝠——自他的腦袋，不，應該是**耳朵，伸出了前端銳利的觸手狀物體**。

「果然還是得改變預定計畫，至少要把妳幹掉。」

◆懸疑推理要跟科幻一起登場

「……唔，咕。」

「希耶絲塔！」

我衝向為了保護我而倒下的希耶絲塔。

「唔，真不該雇用助手的……到目前為止一點忙也幫不上……」

「太沒道理了！是妳強行雇用我的吧！」

好吧沒幫上忙這點我也有同感就是了！

不，現在不是做這種無聊爭論的時候了。

「什麼啊，那玩意……」

從蝙蝠**右耳生長出的觸手**，簡直就像具備獨立的意志般，不斷來回扭動著。混合了深綠色及紫色的色調，感覺相當噁心驚悚。那玩意好像能自由伸縮，所以射程範圍究竟有多大我也搞不清楚。

「他是『人造人』喔。」

按住肩頭的傷口，希耶絲塔搖搖晃晃地站起身。

「那個男的是**祕密組織**『ＳＰＥＳ』的成員。那些傢伙透過超乎常人智慧的能力，誕生出『人造人』，暗地對世界造成威脅。」

「『人造人』……怎麼可能。所以，那傢伙，蝙蝠……」

不是人類？而是怪物？

「那個男的還只有『耳朵』而已，頂多就是把試作品偷出來強行安裝在身上罷了——說穿了，是半人造人。」

「希耶絲塔，為什麼妳連這種事也……」

「然後做為背叛組織的懲罰，他才會被下令執行這次的自殺行動。」

「就說了希耶絲塔，妳為什麼會知道這麼多嘛!?」

難不成就連這傢伙也是那一邊的人嗎？

不過我的疑惑很快就被蝙蝠粗野的聲音抹消了。

「是嗎？竟然知道這麼多！既然如此，果然還是把妳的屍體當作伴手禮帶回去才是上策啊！」

「觸手」再度狂暴肆虐，對準我們飛了過來。

「助手，抓住我。」

「嘎？……唔喔！」

我的身體浮在半空中。

不，是希耶絲塔為躲避敵人的攻擊，抱住我用力跳了起來。

我的臉頰上，有被她潔白秀髮刺到的觸感。

她的代號，是午睡的希耶絲塔。

而眼前這幅光景，簡直就像作**白日夢**般脫離了現實。

「那妳呢，真的也是人類嗎？」

「你是笨蛋啊，我看起來像怪物嗎？」

「感覺是很像怪物。」

「……你這傢伙，絕對不受女生歡迎吧。」

然而，現在並不是進行這種愚蠢吐槽的時機。

這麼大的聲響，六百名乘客不可能毫無所覺。

「喂、喂！那、那是什麼鬼啊！」

「呀啊啊啊啊啊啊啊啊啊啊啊啊！」

以過來這邊查看情形的乘客為首，慘叫與怒吼聲開始淹沒整架飛機。

「各、各位乘客！請盡量保持冷靜！」

妝容全都糊掉的空服員慌忙前去安撫旅客。

不過很快地，機艙內的光景已宛如地獄。

「啊——啊，既然這樣就豁出去吧。把礙事的人類全都幹掉。」

「唔，別衝動啊！一旦你那麼做導致墜機，連你自己也會死的！」

「哈，我會留機師一條小命。話說你到底是誰啊？」

「我是名偵探的助手！」

糟糕，竟然自己承認了。習慣這種東西果然很可怕。

「嘿，能正確稱呼我為名偵探，真是個能幹的徒弟。」

「只是那樣喊比較順口罷了。還有我不是徒弟是助手啊。」

啊，不妙，又來了。而且承認的技巧越來越熟練。

「……不過說真的，那傢伙究竟是何方神聖。妳用『人造人』一語帶過未免太草率了吧？」

面對蝙蝠的攻擊，我被希耶絲塔帶著一塊閃躲還同時這麼問道。

「所謂『人造人』，是以**某種東西**為『核』所誕生出的怪物。雖然那傢伙只有耳，其他也有以眼或鼻，甚至牙齒等零件為武器的傢伙在四處徘徊。」

「……呃，希耶絲塔，妳一直跟這種像怪物的傢伙作戰嗎？」

「直接正面衝突這還是第一次就是了。是說，你真的什麼都不知道耶。」

「善良的中學生才不會知道這種另一個世界的黑幕咧。」
「帶著可疑手提箱前往海外的你這個中學生有資格說嗎？」
「所以說，妳究竟知道多少事啊……」
難不成，連我也被盯上了……
話說回來，那手提箱應該跟這回事件毫無關聯吧？我可是真的一無所知喔。
「那些傢伙的目的究竟是什麼啊……難道打算透過劫機對日本宣戰嗎？」
「『SPES』這個名稱的意義，在拉丁文裡代表『希望』——所以他們的目的是帶來『救贖』喔。」
希耶絲塔一邊解釋，一邊抱著我大幅跳躍。
「簡直就像某種可疑的邪教啊……」
緊接著，在下一瞬間，蝙蝠的銳利「觸手」剜開了我們剛才所在的地板。
這裡可是一萬公尺的高空——機身要是開了洞大家都會一了百了。
「真沒想到，日本竟然還潛伏著如此能造成我們威脅的存在。」
「身為偵探，隱密行動只是基本技巧。目前你的夥伴們一定都沒察覺出我的存在吧？」
希耶絲塔用挑釁的發言顯示自己的從容。
然而，在兩人距離這麼近的狀態下，我可以感覺出她呼吸的頻率。

希耶絲塔已經消耗掉大量的體力。

戰鬥中還得保護好我這個拖油瓶，這也是理所當然的結果。

「哈哈，那妳至今為止的隱密行動到今天也算完全失去意義了吧。」

「是嗎？但你也回不了組織了不是？這麼一來也沒法跟同夥分享情報。」

「誰知道呢，這可很難說喔？只要以跟妳有關的情報為交換條件，搞不好還可以期待那群暴躁的傢伙改變心意咧。」

「那些傢伙有這麼天真嗎？」

「哈，說得一副妳很懂的樣子。」

就像是在空中飛舞的蛇般，那銳利的「觸手」再度扭動朝希耶絲塔進攻。

這裡是飛機，在不可能存在對抗武器的情況下她只能一味防守。這樣下去戰局會逐漸偏向不利，最後慘遭對手解決。

「怎麼了？妳的呼吸好像變得非常凌亂啊？」

「……我可是努力不把這點顯現在外表上喔。」

到了這時，希耶絲塔才首度露出略顯陰鬱的表情。

「哈哈，我這對『耳朵』是特別訂製的喔。集中在觸手前端的聽覺細胞，**就連百公里外的人類心跳聲都能聽得一清二楚啊**。」

「……情報收集還是不夠。畢竟我沒辦法連心跳速度都掩飾過去。」

不論多麼厲害的名偵探，也不是全知全能的。希耶絲塔的額上滲出了汗水。

然而如今的我，卻一點忙都幫不上……

「至少，給我一把武器啊。」

是說，這裡可是一萬公尺的高空。

從其他地方弄來傢伙是絕不可能的。就算是機艙內，一般說來也不允許任何一把利器攜入。能把類似武器的玩意帶進飛機的人，在這班客機上……

……不對，**是有一個人**。

「希耶絲塔，幫我拖個三十秒。」

「助手你怎麼了？」

「我有一個主意。」

就算在這種時候，或者該說正因為在這種時候，我才要動腦。

我打從出生就具備這種容易被捲入麻煩的體質。

我闖過生死關頭的次數，比我這輩子吃過的麵包數量還多。

當下出現的這種直覺，鐵定是過往經驗實證出來的最佳解答。

「我明白了。反正你從一開始就沒用處所以一點損失都沒有。」

「讓我稍微耍帥一下不行嗎！」

彼此開完玩笑後，我猛然衝回原本的座位。

「讓開讓開!別擋路啊!」

我把因陷入困惑而到處亂跑的乘客推開,從我座位——上方的行李置物櫃,取出了一**開始那只手提箱**。

當然,我並不知道箱子的內容物是什麼。

在這種狀態下,裡面的東西或許有用,或許沒用。

就跟薛丁格的貓一樣,箱子裡的貓可能是活的,也可能是死的。

不過,在機場的手提行李檢查時,我察覺到**機場工作人員們彼此交換了一下眼色**。

雖說日本的機場安檢等級頗令人擔憂……但,也託此之福,這回我才願意賭一把。

「希耶絲塔!接著!」

跑回去太浪費時間了,於是我使出吃奶的力氣,將那只銀色的超巨大手提箱扔向戰場。

「咕!想得美!」

察覺出我企圖的**蝙蝠**,將「觸手」的目標從原本渾身是血的希耶絲塔,轉而優先打爛手提箱——不過也多虧他這麼做,行李箱的**內容物**剛好落入了希耶絲塔手中。

「助手，幹得好呀。」

緊接著，希耶絲塔——**用手中的滑膛槍射擊觸手**。

「咕啊啊啊啊啊啊啊啊！」

這次的賭博，大獲全勝。

噁心的液體四處噴濺，「觸手」也同時返回蝙蝠的耳中。

但希耶絲塔並沒有在此停下腳步，而是趁機一口氣縮短跟蝙蝠間的距離，對趴伏在地上的敵人以槍口抵著咽喉——

「砰！」

她用嘴模仿槍聲。

對露出困惑之色的蝙蝠，希耶絲塔一臉冷靜地說道。

「好了，現在你已經死了。」

妳在胡說什麼啊——蝙蝠的眼神這麼質問著。

我也不懂剛才究竟是怎麼回事。難道不給他致命的一擊嗎……？

「這樣一來，你就不會被同夥們追殺了。因為你已經是一個死人。」

「……妳這傢伙，在耍我嗎？」

希耶絲塔把槍口移開，蝙蝠則咬牙切齒地說道。

「畢竟，你不是不想死嗎？」

「……哈，事到如今也不可能了吧？敗給原本要當作交換條件的妳，我毫無疑問會被組織抹除掉。」

「不必擔心。媒體只會報導你在機上死去的消息。」

「妳這傢伙，究竟是何方神聖……」

「之後你會被日本警方藏起來。放心吧，我有可信賴的人脈在裡面。」

蝙蝠彷彿無奈地笑了……老實說，我也有同感。

這位少女究竟是什麼人……雖然自稱偵探，但未免也太不守本分了吧？

「妳現在不殺了我將來可是會後悔的。」

「為什麼？」

「我的執念很深，今天在這裡跌了一跤將來鐵定要報仇。」

「那是不可能的。」

希耶絲塔從趴伏在地板上的蝙蝠身上離開並同時說道。

「剛才擊中你的『紅色子彈』是用我的『血液』製作的喔。被這種血淋過的人，是絕對無法違抗主人的——也就是說，**你的觸手再也無法攻擊我了**。」

「……真是的，那裡面有什麼機關啊。」

「是商業機密唷。」

「妳也是被誰雇用的嗎？」

希耶絲塔被這麼一問，露出淡淡的微笑如此回答：

「不——我打從出生起，就具備名偵探的體質。」

原來如此，世界上似乎還有人的DNA比我更倒楣。

……不過，姑且不討論那個。

「很抱歉希耶絲塔，打斷妳公布謎底。」

我從剛才的對話裡，發現一件極為好奇的事，忍不住要詢問希耶絲塔。

「妳說那顆子彈上動了特殊的手腳……可是，妳哪有時間這麼做呢？」

先前我扔出手提箱，蝙蝠在半空中加以破壞……接著裡頭的長槍掉進希耶絲塔手中，她再朝「觸手」扣下扳機……這短短的幾秒內，她怎麼有辦法設置好機關？

不，怎麼想都覺得不可能辦到。

照這樣推論，那顆子彈**打從一開始**就加工過了……而希耶絲塔也毫無疑問明白這點。

正當我內心出現這種討厭預感時，希耶絲塔以若無其事的表情說。

「真要說起來，指示你把那只手提箱帶上飛機的人本來就是我啊。」

「一開始我就被妳玩弄於股掌間嗎！」

就這樣在長達三年的時間中，我們揭開了這齣令人眼花撩亂的冒險活劇。

◆此時此刻，我始終，記得

「那就是我跟蝙蝠——另外還有那位前名偵探認識的經過。」

故事說得太長了，不過跟蝙蝠聊過往也能順便讓夏凪聽聽。一旦提起四年前的往事，無論如何都會牽扯到那位前搭檔身上，這是莫可奈何的。

提及關於她的話題，對於我本人而言還真是久違了。雖然那裡頭並不全然是美好的回憶——但不知為何我的嘴角總是會鬆弛開來。

「原來如此……嗯。你們之間的事我終於懂了。」

夏凪這麼說道，同時慢慢往後退。

「那這個男的，豈不是超級危險嗎？」

她背靠著另一邊的牆壁，盡量與蝙蝠拉開距離。

「哈啊，大概吧。」

「什麼『哈啊，大概吧』……看來君塚八成也是屬於那邊那個危險世界的人吧……」

對喔，關於我容易被麻煩事牽扯上的體質，我還沒有對夏凪詳加說明過……不過從我認識警察跟囚犯這點，她應該要自己察覺才對啊。

「應該這麼說，我才不想讓那個男的聽我的心跳聲咧……」

這種想法，的確也沒錯啦。被那驚悚的「觸手」抵住胸口，對一名正值青春年華的少女搞不好會變成難以承受的心理創傷。換成是我也會拒絕的。

「不不，只是聽聽心跳聲的話，這種距離就非常夠了——不如老實告訴你們吧，其實我早就已經辨認出這位小姐的心臟了。」

結果，蝙蝠在我跟夏凪感到畏懼前就已經先行動了……是說，蝙蝠剛才的言下之意是？他已經認出夏凪這顆心臟的捐贈者了嗎？

「蝙蝠，你真的遇過夏凪這顆心臟原本的主人嗎？」

「是啊。不如說，我就是為了解釋那個，才跟你聊往事。」

為了解釋那個而聊往事？

這個男的還是跟以前一樣說話令人摸不清頭緒。我們剛才的話題跟夏凪的心臟又有何關聯。難不成蝙蝠想說的是，在四年前那起事件的那架客機上，夏凪的心臟捐贈者也在場嗎？

「——原來，是這樣呀。」

這時，位於我後方的夏凪輕聲喃喃道。

「怎麼了?妳察覺出什麼了?」

「……不，不知為何，我覺得很奇怪。」

要說奇怪，夏凪給我的第一印象的確是個怪胎……只是現在的氣氛怎樣都不適合亂開玩笑。

「我呀，說真的並不是會做**那種事**的類型唷?」

「妳在說什麼啊，夏凪。從剛才，妳就有點怪怪的。」

「沒錯，我是很奇怪。有時候我會覺得一點也不瞭解自己——感覺就像是自己變得不是自己了。」

夏凪臉上那種向來從容的表情消失了，她此刻輕輕抱著自己的肩膀。

「哎，再怎麼樣，我的個性也不會對初次見面的男生做**那種事**呀。」

她指的是之前在教室發生的事嗎?

夏凪其實並不是會採取那種大膽行動的類型?

既然如此，如果要問是什麼影響了她——沒錯，這麼說來，我昨天才主動跟她提及類似的話題。

「記憶轉移——君塚你這麼說過對吧。因此在教室的行為，並不是我，一定是這顆心臟的原本主人叫我這麼做的。」

照這種推論，夏凪心臟的捐贈者是生前就會做**那種事**的人物囉？

舉例來說，為了自己認定的正義……為了達成目的，完全不會在意手段、面子，或是風聲傳出去。

會玩這種把戲的人——我只認識一個而已。

此外那傢伙——沒錯，剛好死於一年前。

這麼說來，夏凪接受心臟移植是什麼時候的事？

……喂喂，別鬧了。

天底下會有這麼巧合的事嗎？怎麼可能。

我額上滲出冷汗。四肢麻了，牙關也不停發出喀喀的撞擊聲。

住手，拜託不要。

不要再糾纏我了。

我已經，不再是妳的搭檔。

喂，難道不是這樣嗎？

妳已經死了，對不對？

「華生，逃避現實真是太難看了。」

我抬起臉，蝙蝠正以混濁的雙眼盯著我。

簡直就像在對我說，不准閉上眼睛一樣。

「這就是我的回答。」

從蝙蝠耳中，伸出我曾見識過的銳利「觸手」。

那種噁心的色調就像是用幾十種不同的顏料混合在一塊，還宛如軟體動物般扭動著，光看了就叫人想嘔吐。

「住手，蝙蝠。」

「住手什麼？」

「你殺人會被判死刑的。」

「如果，我殺得了的話。」

但是——蝙蝠繼續說道。

「用這個我根本**殺不了**這傢伙，這一點你也心知肚明吧？」

「住手！」

「觸手」的形狀變得更銳利，並精準鎖定了夏凪的心臟，緊接著——在即將接觸夏凪身體的幾公分外，**其尖端突然崩落了**。

這種現象我知道為什麼。

四年前，某一號人物曾這麼說過。

『你的觸手，再也無法攻擊我了。』

被那血液淋過的人，就再也無法違背血液的主人。

而就在前一秒鐘，蝙蝠的「觸手」，對夏凪……對她**體內的那顆心臟**無法進行攻擊。所以，這也意味——

「——希耶絲塔，是妳嗎？」

在夕照下的教室中，被夏凪擁抱時所感受到的那股懷念。

那種感覺的真正來源，其實是久違一年後所重逢的，那位最糟糕也是我最愛的前搭檔胸中鼓動。

「剛開始，我還以為是那個女的跑來這裡哩。」

這麼說來，蝙蝠打從我們抵達後就變得異常懷念過往……那是因為他聽見了仇敵的心跳聲吧。

眼睛看不見的蝙蝠，只能聽聲音判斷，因此才將夏凪誤認為希耶絲塔。一開始的對話之所以牛頭不對馬嘴，原來是這個緣故。

「那個名偵探是什麼時候死的？」

蝙蝠瞇起眼睛問道。

「……一年前。在遙遠的海上，遙遠的島嶼中。」
「是嗎？雖然是仇敵但還真叫人遺憾啊。」
「嗯，沒想到會那麼輕易就落幕了。」
「輕易？別說蠢話了。名偵探死掉以後，不是又像這樣重返你的面前了嗎？」
蝙蝠的這番話，讓我的胸口頓時堵住。
希耶絲塔她，再度出現在我身邊——是啊，的確如此，如果這是真的，那還真是個浪漫的故事啊。
然而，只有她是絕對不會這麼做的。
這種投機主義，這種過度氾濫的感傷論調。
不論何者都跟那位理性的名偵探太不相稱。
……此外，我又是個沒用的助手。
對，這點我承認。
儘管沒事就愛抱怨……但老實說希耶絲塔是多麼厲害的傢伙，而我又是多麼相反的另一個極端，這點我再清楚不過了。
我只是一個影子。
那個在白晝下宛如白日夢般輕盈舞動的美少女腳底下所依附的黑影罷了。
所以……所以，沒錯。

希耶絲塔再度出現在我身邊這種事，甚至這種說法都是不可能被允許的。那傢伙，鐵定早就忘了像我這種人才對。

「這是巧合。」

我這麼咕噥並非對著蝙蝠，一定是試圖解釋給自己聽的吧。

「不論是認識夏凪，或是希耶絲塔的心臟就在夏凪體內，這些全都是——」

霎時，一個巴掌飛上我臉頰。

「……這也是受到心臟原本主人的影響吧，夏凪。」

「錯了！」

我望過去，夏凪正在哭泣。

「剛才那是出於我自己的意志！是我想打你才打的！」

她眼眶泛紅，表情歪斜扭曲，一邊噴出口水一邊大叫道。

「君塚你這傢伙，敢再說一遍看看！什麼巧合？你說這樣的重逢是巧合？別開玩笑了！這樣的重逢，你竟然用『巧合』這種聽天由命、不負責任的詞彙一語帶過？這是思念所致！跟你在一起三年，就算是死了，也要跟你繼續在一起，這就是這顆小小心臟的唯一願望啊！我一直，這顆心臟一直——在尋找著你，君塚君彥！為了跟你重逢……只為了這件事而已！你把這個心願，這件事……用單純的巧合來解讀就算了嗎！別把別人的思念當成傻瓜！」

等回過神，我才發現自己已奔過去，摟住她纖細的身軀。

是嗎？是這樣啊。

我之前曾這麼說——是夏凪體內的心臟，想要尋找某個人。

而夏凪她……她（希耶絲塔）的心臟，在這一年所不斷尋找的人物X，不是別人，正是我自己。

希耶絲塔，是這麼想跟我重逢嗎？

「妳在那邊嗎？」

沒有回應，這也是理所當然的。

畢竟，偵探已經死了。

然而——

「真是久違了啊，希耶絲塔。」

當下在我胸膛中的這股暖意，的確是源自於她。

「其實我有好多話想對妳說。」

例如在成為妳的助手後，我經歷了多少艱苦的事件。

包括被迫走私槍枝，與神祕組織展開非比尋常的戰鬥，妳跟我的名聲在黑社會廣為人知，而我為了躲避追殺跟妳在全世界整整流浪了三年，過著身無分文的日子同時還要與「人造人」對抗，就算遇到颶風兩人也只能餐風露宿，偶爾在賭場裡賺了錢才能去大飯店的床上蹦蹦跳跳，但果然到了第二天又變成窮光蛋，在沙漠裡徒步前進，穿越叢林，橫跨山脈，遠渡重洋，那之後，還有——

「——為什麼妳一個人先死了啊，笨蛋。」

我可是一點都不喜歡妳喔。

我想妳也是一樣的吧？

妳跟我既不是情侶，甚至也根本不算朋友。

偵探與助手——我們就只是這種奇妙的工作搭檔。

不過，不過啊。

是妳找我去做那些事的。

而這樣的妳，竟然比我先離開了。

至少，也得先說聲再見才走啊。

「不，所以妳才要回來嗎？」

為了跟我說再見。

或者。

「今後也請多多指教，好嗎？」

夏凪倏地離開我的身體並這麼說道。

她的臉龐——不，我想那鐵定是我的錯覺吧。

總覺得非常懷念，自己又看到了那一億分的微笑。

◆偵探已經死了。

之後，在前來接我們的風靡小姐帶領下，我跟夏凪離開監獄。

「想問的都已經問完了嗎？」

手握警車方向盤，風靡小姐對坐在後座的我們問道。

「……是啊，大致上。」

我代替依然眼眶泛紅的夏凪回答。

「喔呵，真沒想到那個男的會願意吐實啊。」

「要看是什麼事吧。關於**那部分**想必他還是隻字未提？」

正是為了**這個目的**，當初在客機上希耶絲塔才要活捉蝙蝠。然而繼承這項工作的風靡小姐，到了四年後的現在，似乎依然無法從蝙蝠口中問出重要情報。

附帶一提，在希耶絲塔已經死亡的現今，我跟「ＳＰＥＳ」正處於停戰狀態。不，更正確地說，是那些傢伙刻意不把我當對手。很遺憾，我頂多只能算名偵探的跟班罷了，他們根本不把我看在眼裡。

「好吧，總之今天你們有收穫就好，記得要好好感謝我啊。」

風靡小姐似乎忘了，她今天是來監獄有事，而我們是擅自跟過來的這項原始**設定**。好吧，不論如何，我都得對她說謝謝。

不過，唯有一點，是我怎樣都不能不問清楚的。

「風靡小姐打從一開始就知道全部真相了吧？」

「你是指什麼？」

「關於這傢伙……夏凪的心臟，原本究竟是屬於誰的。」

「為什麼你會這麼認為？」

「這個嘛，我也不知道為什麼。不過就是有這種感覺。」

我毫無半點證據。但，天底下哪有這麼巧的，她能精準地建議我們去跟那傢伙碰面，我不認為這裡面沒有任何隱情。

那麼，假使是有意而為，說不定，風靡小姐的目的是——

「夏凪。」

有句話，一定要趁現在說清楚才行。

我保持面對前方的姿勢，對坐在身邊的夏凪說：

「不論那顆心臟原本是屬於誰的，夏凪都應該過夏凪自己的人生。」

她不是誰的替代品，也不必去代替別人。

我這麼說完，後照鏡倒映出正在聳肩的風靡小姐。

很抱歉，打倒「人造人」就交給你們警察了——關於這件事，我不想讓夏凪牽扯進去。也不希望夏凪變成希耶絲塔的替代品。

「君塚……」

我驀然看向身旁，夏凪似乎正有點愣然凝視著我。

「怎麼了？」

「……沒事。」

結果，夏凪馬上又輕輕搖著頭。

「——謝謝你。」

像是花朵盛開般綻放出笑容。

「啊——累死我了。」

那之後風靡小姐開到車站前的圓環放我們下車，我用力伸了個懶腰。

哎，真是的。隔了一年才碰到這種正式的委託……而且還意外地勾起了過往的心理創傷什麼的，這種狀況簡直就可稱為傷痕累累啊。

「……是我害的嗎？」

這時，夏凪很罕見地露出了滿懷歉意的表情湊近我的臉。

「我可沒那麼說喔。不如說我還得感謝妳。」

「咦……？」

夏凪瞪大了原本就已經很大的眼眸。

「託了妳的福，該怎麼說，就是那個……」

不知為何，我自己也無法將想法好好化為言語。

然而自從與夏凪邂逅，有機會再度面對那段過往，或許我——

「這樣下去是不行的，我覺得。」

已經有這種想法很久了。

一定還有機會彌補過去，雖說那也只是某種可能性而已。

「……這麼說的話，我也是。」

夏凪聽了，露出好像下定某種決心般的表情咬著嘴唇。

怎麼了？她還有什麼其他苦惱的事嗎？

本來打算追問下去，但我——

「今天真是謝謝妳囉。」

卻裝作什麼也沒察覺的樣子，打算就此道別。

畢竟夏凪的委託已經完成了。

既然如此，我再也沒必要跟夏凪有任何聯繫，更不能與她繼續往來。

毫無疑問，我跟夏凪既不是情侶，甚至也根本不算朋友。

偵探（代理）與委託人——只是如此的關係罷了。

一旦解決委託，我們就再也沒有任何關聯了。

因此，我應該趕緊離開夏凪身邊。

夏凪好不容易才獲得新生。

所以，**不能讓她被希耶絲塔束縛**。

此外，我會變成她想起希耶絲塔的誘因，**不能再讓她跟我有瓜葛了**。

「掰啦。」

這麼轉念一想，我便朝車站的驗票閘門邁出一步——

「等等。」

正打算踏出腳步時，右手被纖細的指尖揪住了。

「……怎麼了，夏凪？」

「……不，那個。」

兩人的手指依然交纏。

夏凪的視線向下，欲言又止地張著嘴，但很快又緊緊閉上了。

她究竟想說什麼，**想對我表達什麼**，我早就看穿了。

不過，那是不行的。

這是屬於夏凪的人生，不能把其他人的重擔壓在她的背上。

在陷入沉默的我們頭頂上方。

有一面站前的大型螢幕，正以大音量播送偶像歌曲。那是音樂宣傳影片吧，有個年約中學生的少女，正俏皮地對攝影機眨眼並一邊唱著流行歌。託她的福，現場因沉默所造成的尷尬又增加了兩分。

「如果沒事的話，我要先走了。」

「……君塚，你這個人好惡劣。」

沒錯，我這個人就是這麼惡劣，真對不起啊。

擱下已經用同樣臺詞罵過我好幾遍的夏凪，這回我真的要轉身走向驗票閘門——

「那個！」

結果，又有某個玩意冒出來再度阻擋我的步伐。

我望向一旁，夏凪還在那邊，正不解地微微歪著頭。也就是說，這回不是夏凪。

視線稍稍往下挪，聲音的主人映入我眼簾。

那是個年紀大約是中學生的女孩子，用帽兜擋住了半張臉，然而露出來的一邊眼睛卻明豔動人，氣場恐怕不像是普通人。

是說，我好像在哪見過她……

我跟夏凪兩人，猛然抬高視線，果然有一個似曾相識的偶像在螢幕上唱歌。

「那個，老實說，我是一名偶像。」

喂喂，我可是才剛完成工作而已啊。為什麼事件總是接踵而來……不，如果要追究原因的話。

對身旁的夏凪，對她的心臟，我瞟了一眼。

緊接著，我的第六感果然靈驗了。

「我有一件事，想請名偵探先生幫忙解決！」

真受不了，又得重新向對方解釋一遍嗎？

「真抱歉啊，我並不是什麼偵探……」

然而，就在這時。

「抱歉抱歉，這個看起來很沒幹勁的男生**只是個助手**啦。」

夏凪迅速朝我使了個眼色。

這是我決定要走的人生之道——感覺她好像是在這麼說。

「咦，那……」

「不過，沒關係。」

對那位陷入困惑的偶像。

對那位新的委託人，夏凪說道。

「要找偵探的話，我就是。我正是名偵探——夏凪渚。」

偵探已經死了。

但她的遺志，絕不會消逝。

【a girl's monologue 1】

我實際察覺到自己一直有種在尋找某個人的感覺，是大約最近一年出現的吧……或者該說，我對所謂的身分認同這種玩意，是直到最近才終於確立下來的。

不，先等等。

請不要那麼輕率地對我吐槽。

我從小就一直生病，在病榻上度過每一天，因此自我這種東西也不是特別需要……不，應該是我想假裝它根本不存在。

想穿上運動鞋，在跑道上奔馳。

想在放學後，跟一群朋友出去閒晃順便買珍奶喝。

然而，那些都是不可能實現的事。

既然再怎麼希望都沒用，乾脆一開始就不抱希望還比較實際。抱持這種想法的我，始終戒慎恐懼地要求自己**屏除自我的存在**。

因此老實說，我過去幾乎沒什麼回憶。

只勉強記得自己躺在一個小房間裡的小床上，除此之外就幾乎想不出其他什麼事了。就算我努力絞盡腦汁，也只會莫名頭痛起來——

不過，這樣也好。

這樣就可以了，我如此說服自己。

但在某一天，就連這樣的我，也興起了一個無論如何都想實現的願望。

胸膛中，這顆心臟，發出呼喊。

呼喊著想要見某個人。

我該怎麼辦？

從未希望過任何事的我，也從不覺得能達成任何願望的我。

我還有什麼可做的？我有辦法實現這顆心臟的願望嗎？

——等回過神我已經邁步狂奔。

如今的我，已擁有可在這柏油路上奮力踩踏的雙腿，以及十八年人生沉潛下的激情。只要有了那些，我就是無敵的。

『你是名偵探嗎？』

好不容易被我找到的這個人生希望，卻不知為何極為懶散、缺乏鬥志，看起來像是放棄了許多事物一樣——總覺得，跟過去的我很像。

因此我不能放著那傢伙不管，忍不住就大聲斥責起來，還無意間露出了泫然欲泣的表情……那還真是我最大的失策呀。

不過雖說是失策，我依然被這樣的他所救贖了。

『不論那顆心臟原本是屬於誰的，夏凪都應該過夏凪自己的人生。』

這番話，是他送給我的。

所以，一定是這樣，沒錯。

我的人生，從今天起又拉開了嶄新的一幕。

【2 years ago one day】

「嚕嚕，嚕嚕嗯～」

炎炎烈日下，走在草木蒼鬱茂密的森林中，我那位搭檔的少女正開朗地哼著歌。

「妳心情好像非常好啊，希耶絲塔。」

今天我們也繼續追擊「ＳＰＥＳ」，或者是說處於被「ＳＰＥＳ」追殺的旅程中。然而自稱名偵探的她，卻好像沒有半點緊張感。

「不能讓自己保持好心情的話，可是沒資格當成年人唷。」

停下哼歌的希耶絲塔說道。

不，妳也還不算成年人吧，我雖然很想這麼吐槽……但實際上我並不清楚她的年齡。身為一位真正的名偵探，似乎不能如此輕易地洩漏出自己的真實資料。甚至她到現在都還不肯把本名告訴我啊。

「妳剛才哼的是什麼歌？」

這種情報至少可以告訴我吧，於是我問希耶絲塔哼的是什麼曲子。

「日本的偶像歌曲。」

「日本——妳到底是哪國人啊？」

好吧，事實上，希耶絲塔也有可能是日本人。

「不過，真叫人意外耶。妳對偶像之類的竟然也感興趣。」

「身為偵探，總不能連偶像歌手的熱門歌曲都不會唱吧？」

「所以我說我根本搞不懂妳內心的偵探形象是什麼啊！」

我是時下人氣最旺的名偵探！能歌善舞，有時還得跟「人造人」戰鬥！

……腦袋有洞嗎？

「不是那個意思，我是說想當偵探的話就非得增廣見聞不可。正如『見聞』這個詞的字面意思，視覺跟聽覺在人類五感中是最為重要的。」

增廣見聞……就好比是經常把大腦的天線打開嗎？這麼一來就能透過眼耳收集情報。原來如此啊。

「嗯，反正我也沒有當偵探的打算就跟我無關了。」

「唉，你真是一點也不可愛耶。」

吵死了。別用那種同情的眼光看我啊。

「不過，你的確是無法當上偵探的。」

「就是說嘛。」
「嗯，你雖然當不上偵探，但鐵定會一直當**某人的助手**。」
「……嗯？啊啊懂了。」
就在這時，不知為何，希耶絲塔的眼眸彷彿因寂寞而隱約閃爍著。
「好，目的地終於要到了。」
不過那也只是一瞬間的反應而已，很快她又恢復了平時那種冷靜的表情。緊接著，她指向一棟宛如古堡的巨大宅邸。
「那裡面真的有『梅杜莎』嗎？」
梅杜莎——是傳說中只要看她一眼就會被石化的怪物。我們聽到了可疑的謠言，說類似的怪物就住在那棟洋房裡，因此才前來調查。
「天曉得，要看過才知道。假使真有那種玩意存在，我想毫無疑問是屬於『SPES』幹部等級的人物吧。」
「嗯，只有實際去見識一下才能明瞭事情真相了——」
真是的，我現在連嘆氣都懶了，取而代之的是用力打了個哈欠……但就在這時，走在身旁的希耶絲塔，目不轉睛地盯著我。
「做什麼？」
「……沒事，只是覺得你好像已經非常適應這種情況了。」

「我本來也不想習慣的啊。」

我們一邊吹著口哨，一邊走向有大群烏鴉交錯飛過的那棟洋房。

「哎呀，真是辛苦你們了，大老遠專程造訪這裡。」

跟坐在椅子上的我和希耶絲塔面對面，宅邸老主人浮現柔和的笑容。

「外面一定很熱吧。不過，真抱歉，老實說現在家裡的空調故障了。」

「哪裡，不必介意。」

希耶絲塔連一滴汗也沒流，依然以涼爽的表情這麼答道。這傢伙還是一如往常地神經大條啊。換成是我，我一定會在內心抱怨既然有空道歉何不把屋子的窗戶打開透透氣啊。

……不過，至少沒變成我預期中的最糟糕情況可稱得上是幸運了。

老實說，一開門的瞬間就發生戰鬥也不是不可能，我本來都做好心理準備了——結果等待我跟希耶絲塔的，卻是意料外的歡迎場面。正如剛才的對話，聽說謠傳而來到此地的我們，被自稱是這棟宅邸主人的男子親切迎了進去。

接著我們為了盡快確認「梅杜莎」的真相，在對方的帶領下像這樣聚集在起居室交談。

「那麼，關於那項謠言，我們可以當成您也知情囉？」

希耶絲塔擺出毅然的表情與姿勢，如此詢問主人。

「嗯嗯，的確。謠言說有一個類似梅杜莎的怪物，會把造訪這間宅邸的人們一一變成石像……而我想，那恐怕指的就是小女吧。」

雖說那是被我收為養女的乾女兒——主人這麼補充後，臉上浮現嚴峻的表情。

「那麼，難不成謠言是真的……!?」

「不，那只是誤會！」

聽了我的質問，主人激昂地站起身來。

「大約兩年前，小女遭遇一場意外……命是幸運保住了……但也只是留下了一口氣而已……」

「——持續性植物狀態。」（註5）

聽了希耶絲塔的這句話，主人露出苦澀的表情點點頭。

「小女不只失去意識，連身體也無法動彈。她只能進行眨眼與自主呼吸這樣的單調動作——說穿了，就是石像！因此謠言跟事實完全是相反的！我的女兒並不是什麼梅杜莎……小女才是被梅杜莎這種虛構怪物石化的受害者！」

「……那麼，這項情報被以訛傳訛，最後反而變成完全顛倒是非的謠言？」

註5　即植物人。

「沒錯，就是這樣。」

對於我的疑問，宅邸主人無力地點點頭，接著房間陷入了短暫的沉默。

「……哎，抱歉。我剛才有點失態了……這裡果然是太悶熱了，我現在去幫二位準備一些冷飲。」

大概是終於恢復冷靜了吧，主人暫時退入屋子裡頭。

「……看樣子，我們撲空了啊。」

看來這次的事件跟「SPES」毫無關聯……甚至可說，連事件都不算。好吧，反正只要沒有無謂的麻煩發生就再好不過了。等下喝完冷飲就乖乖離開。我因為熱到受不了，還打開了襯衫的兩顆釦子。

「妳也脫件衣服如何？」

「你這傢伙，是笨蛋嗎？」

「好痛！」

希耶絲塔面無表情地狠狠踩踏我的腳。踩的時候至少看這邊一眼啊……

「哎，兩位久等了。」

之後主人用托盤端著玻璃杯返回，我正打算接過杯子時——

「痛死了！」

希耶絲塔再度踩我一腳，由於事出突然，我一個不穩重重向前倒去。當然玻璃杯也打翻了，一整片地板都是溼答答的液體。

「希耶絲塔妳搞什麼！」

「這下是算在你剛才性騷擾的份上。」

「呃，妳不是已經踩過一次了嗎？」

但希耶絲塔好像沒聽到我的抱怨，只是用手帕幫主人擦掉衣服沾上的飲料。

「真抱歉，我的助手就是這樣粗手粗腳的。」

耶，是我的錯喔，太沒道理了……

「哈哈，沒事沒事……這麼說有點奇怪，不過既然你們都來了要不要乾脆看一下小女呢？很難得有客人造訪寒舍，那孩子一定會很高興的。」

「好呀，這是當然的。」

希耶絲塔以客套的表情微笑道。

「瑪麗，妳看，有客人來囉。」

老主人帶我們來的地方是位於三樓的房間，那位名叫瑪麗的少女就睡在一張有頂篷的床上。她生著纖細瘦弱的身軀、明豔的金髮，機械性反覆眨動的一雙眼眸則是翡翠色，簡直就像洋娃娃般美麗——不對，這個比喻不恰當。她必須靠呼吸器才能辛苦活下去。瑪麗絕不是什麼洋娃娃。

我的心情變得莫名沉重起來，只好把這個場面讓給希耶絲塔處理，自己則別開臉。大概是罪惡感使然吧，總覺得我的呼吸也變困難了。

「啊啊，可憐的瑪麗。明明這麼漂亮，卻被森林以外的人們說是怪物，真是太過分了。」

主人掩面，哀嘆女兒身上發生的悲劇。

……是說，原來如此啊。因為這樣，他才會對我們的造訪大表歡迎。自己的女兒並不是什麼梅杜莎那種怪物，這點只要是名偵探一定能搞清楚的。設法澄清謠傳，這正是他的目的。

「沒錯，我們也會負起責任，對森林外的人們說明謠言都是假的……」

我正打算朝主人走去，向他表達自己的想法時——一個回神，才發現地板已迫近眼前。

……地板？我倒下了嗎？怎麼會？

不知為何，身體，完全沒有力氣。

「所以瑪麗，放心吧，現在就幫妳增加幾個朋友。」

……他在，說什麼？

我微微轉動臉的方向，從下仰望這位老主人。

那傢伙，正在笑。

「哈哈，哈哈哈。放心吧，這一點也不恐怖，因為完全不會痛，所以沒什麼好怕的。」

那傢伙邊說，邊從長褲口袋取出針筒……不知道他在想什麼，竟然把針頭刺進自己的右臂。

「你以為要幫你打針嗎？哈哈，這是解毒劑喔。畢竟毒藥，從一開始就遍布整個房間了。」

什，麼……？我的身體之所以麻痺，是因為……

「不久以後你們的肉體，除了呼吸以外的活動都會停止，就跟瑪麗一樣一步也動不了，然而也不會死，將永遠品嘗這種痛苦的滋味！」

……是這樣，啊。先前窗戶之所以緊閉，也是出於這個理由……另外，那傢伙的確說過瑪麗可以進行自主呼吸，但此時卻依然戴上了呼吸器，想必是為了避免她中毒……我應該要早點察覺出，這個不自然的疑點才對……

「這麼一來，你跟那邊那個名偵探，都很快會成為瑪麗的同伴……同伴……」

沒想到，老主人突然出現異樣。他似乎很驚愕地瞪大雙眼……最後，就跟剛才的我一樣雙膝跪倒，整個人癱軟、趴伏在地上。

「為，什麼……」

他發出如此絕望的聲音，而這時走到那名男子身邊的……當然，是如我預期的人物。

「乖乖就範吧。」

以隨時攜帶的手銬將男子控制住後，她用隱藏在背後的滑膛槍將窗戶打成碎片……這麼一來毒氣就會飄散到屋外了。

等做完這些事，名偵探才終於轉過身，對如今依然趴在地板上的我這麼說。

「你啊，是笨蛋嗎？」

原來如此，難怪剛才她要踩我的腳兩次。

「這麼說，妳早就察覺出那傢伙的目的了嗎？」

通報給相關機關處理，並將一切善後收拾完畢。在離開洋房的回程上，由於我的身體還是有點麻痺，只好請希耶絲塔背著我走，在這種狀態下我問道。

「差不多。他拿出那麼明顯可疑的迎賓飲料出來，而你竟然打算大口喝下去時我簡直是打從心底傻眼。」

「真抱歉啊……」

恐怕那杯飲料裡也下了毒。所以希耶絲塔為了保護我，才故意又踩了我一下……就不能用更溫柔一點的方法嗎？

「所以也就是趁那個時候……妳拿手帕幫那傢伙擦乾衣服時，把裝有解毒劑的針筒調包了，對吧。」

「正是如此。也託此之福，我先一步用了解毒劑，所以一點事都沒有。」

她還是一如往常地獨斷獨行啊。一個人就擅自把事情收拾乾淨……不，或許我跟不上她的步伐才是問題也說不定。

「不過呢，那時候當然頂多只掌握了間接證據。我的懷疑變成確信，是在看到瑪麗的眼睛的時候。」

「瑪麗的眼睛？那孩子不是沒有意識嗎？」

「不，她拚死用眨眼來警告我。那根本不是什麼規則、機械性的動作……那裡面包含了明確的意志。一定是為了把她養父的犯行告知我們。」

被瘋狂所驅使的屋主，連寶貝女兒的信號都沒察覺到嗎？這未免太悲慘……不，應該說太可憐了吧。

「是說，妳的眼力真敏銳。」

「你啊，是笨蛋嗎？」

「光是今天就罵第三次了，真沒道理……」

不過啊，也只有今天這件事我找不出任何藉口。

「我在前往那棟宅邸的路上說過什麼話，你難道忘了嗎？要增廣見聞，以及磨練視覺跟聽覺的重要性。好比說，你也該對他人的視線更加敏銳才是。」

「原來如此，啊，真不愧是名偵探。」

為了日後保護好自己的安全，這種技術搞不好是不可或缺的。

「希耶絲塔。」

「嗯？」

既然如此，我以後也照希耶絲塔所說的，從增廣見聞著手吧。

「妳今天哼的那首歌是哪個偶像的曲子，可以告訴我嗎？」

這時，希耶絲塔不知為何露出了心滿意足的側臉並且這麼答道：

「她的名字是——」

【第二章】

◆沒錯她自稱是最最可愛的偶像

「——我，名叫齋川唯！職業是偶像！」

一波未平一波又起。

偵探所到之處總會有事件主動上門。

假日，在傍晚的車站前，或許是從哪嗅到了關於我的傳聞，新委託人對我跟夏凪這麼強調道。

齋川唯——是如今在日本最受注目、能歌善舞的女子中學生偶像。

她大概是在小學六年級時出道，一出道就融合了少見的曲風與舞蹈天賦，再加上那張惹人憐愛的臉龐，贏得了不分男女老少的廣泛人氣。ＣＤ銷售量每每都能占據週排行冠軍，而她也透過姣好的外貌，經常在雜誌封面與電視廣告中曝光。

……不過話又說回來，是齋川唯啊。

喂，希耶絲塔，這也只是巧合嗎？或者說——

只可惜，這樣的糾葛除了本人以外是無從知曉的。

偶像齋川唯，用力吸了口氣，然後朝我跟夏凪這麼大叫道。

「市價三十億元的藍寶石要被偷走了，希望你能防患於未然！」

容我再說一遍，今天是假日，地點則是傍晚的車站前。

這樣應該很容易推估附近人潮洶湧的程度吧？結果在這種環境下，一名女子中學生竟然口出「三十億元的藍寶石要被偷走了」之類、如此危言聳聽的詞句，群眾的注意力會一起轉向這裡，也是很自然的結果吧。

因此接下來我所採取的行動，也可以說是相當自然的。

「好啦，妳先給我住嘴。」

對眼前這位現役偶像，同時也是初次見面的女子中學生——我死命用雙手摀住她的嘴。

「嗯！嗯～～～～！嗯咕～～～～～～～～～～～～～～～～～！」

「很好——乖，不要動。噓——噓——」

我用雙臂束縛住猛烈掙扎的齋川，還拚死摀著她試圖想大聲喊叫的嘴。

畢竟，我剛剛才解決一個案子而已。

沒錯，我很累。那些工作，令我疲憊不堪。

管她是什麼人氣偶像，或年紀比我小的少女，即便我用雙手堵住她的櫻桃小口，日本應該也不存在足以制裁我的法規吧。

「妳壓根沒提過什麼三十億元對吧？對吧？好痛……啊，站住，別跑啊！」

然而少女卻以咬我手掌的方式還以顏色，並迅速跟我拉開距離。

「你、你你你、你突然抓住我幹麼！不、不知道我是誰嗎！我可是世界第一**最可愛**的偶像齋川唯！你竟敢，像剛才那樣對我！」

「冷靜點齋川，**最最可愛**的妳剛才的確把我兩手都弄得滿是黏答答的口水，但之後我並不會很開心地用棉花棒收集下來。我現在只是太累了，希望妳可以安靜一點。」

「唔哇啊啊啊啊！本來以為你是偵探結果卻是個變態！……嘎！難不成，你就是寄來犯罪預告信的犯人？唔哇啊啊啊！本來以為你是變態結果卻是個竊盜犯！誰快去叫警察！幫忙把警察先生找來啊！」

「哈哈，真抱歉啊，警方跟我早已經有掛鉤了。」

「怎、怎麼會！這個國家已經從上到下爛成一團了嗎！不論是警察、律師，或

でーん
※登登
※唔

政治家，全都站在內衣小偷的那邊！」

「喂等等，不要用變態加竊盜犯的合體技，把我進一步捏造成內衣小偷啊！這樣一來等我被關進去後，其他犯人就會以此為理由修理我，所以別給我亂加罪名了！更何況我也不是什麼變態或竊盜犯！」

「哼，光是變態罪就可以關兩千年了吧。」

她冷若冰霜的聲音，令我頓時冷靜下來。

等回過神，才發現人潮彷彿只在我們三人周圍開了一個空曠的洞。

「……夏凪，這不是我的錯。」

「所有罪犯都是這麼狡辯的。」

看來這位新搭檔比我想像中更為嚴厲啊。

◆保護好三十億傳家寶的簡單工作

「呃——咳咳！昨天是我失態了，還請見諒！」

昨天畢竟是太累了，所以我跟夏凪改天才再找這位委託人——齋川唯碰面。她招待我們到她家裡，如今我們正隔著桌子跟她面對面而坐。

我跟夏凪並肩，相反側則是齋川。

雖說座位是安排成這種形式……

「好遠！太遠了吧！這張桌子到底有幾公尺！」

「呃——會嗎！我並不覺得呀！」

「那妳幹麼從剛才就要用這麼大的音量跟我們說話！」

「當然是因為，用普通的音量說話你們一定聽不見不是嗎！」

「妳的家果然很不正常啊！」

我就直截了當地說吧。

這裡是齋川唯的家——不，應該叫宅邸。或者，說是城堡也行。

通過以為是玄關的巨大門扉後，還要走幾公里的路才能抵達真正的家門口，而進了家門又發現這裡挑高的天花板足以稱為位在上空的程度，借她家的洗手間一用，裡頭的空間也大到能容納好幾名成年人過夜。

齋川唯的住處就是如此壯觀、豪華、眩目……這也意味著她正是所謂的千金小姐。肯定是在萬般疼愛、要什麼有什麼的環境下被養大的吧。因此她自稱是「最最可愛」這點我也能理解了……真的是這樣嗎？

好吧先不管那些。總之，我跟夏凪在車站前與她邂逅的翌日，為了聽取她具體的**委託內容**，才像這樣造訪她家。

但，在那之前。

「妳的左眼受傷了嗎？」

我們不再縱向而是重新以橫向坐在桌子的兩端（一開始就應該這樣），接著我這麼問道。

昨天齋川就是如此，而今天她的左眼依然被眼罩覆蓋。這麼說來，我想起她不論是上電視，或拍攝雜誌封面，都會戴上這愛心形狀的眼罩。

「啊——這個該怎麼說，算人物設定？就當作類似那樣吧。」

偶像要生存下去也得很拚命的——齋川苦笑道。

就連在私生活中也得維持造型，看來她的敬業精神相當強烈。

「這麼說來，我以前也因為眼睛受傷而戴過眼罩啊。」

「哎先別討論那個了。」

「現在這個場合那句臺詞不是應該由我們這邊說嗎？」

……唉算了，趕緊進入正題吧。

「這回臨時把你們找來真的很抱歉。不過我這麼做，也是因為時間已所剩無幾。」

「啊——妳是指三十億元的鑽石可能會被偷的事吧。」

我回憶起昨天齋川在車站前說過的話。

「不是鑽石，是藍寶石……那個，你真的有仔細聽我說什麼嗎？」

哎呀被抓包了。老實說我到現在還沒消除昨天的疲憊……或者該說是腦袋被其他煩惱的事情占滿，關於齋川的委託才幾乎沒放在心上。

我本來是想盡量在夏凪面前裝作冷靜的樣子，但我畢竟只是個凡人。

本以為已經死去的搭檔，現在卻發現只有她的心臟活了下來……而此時此刻，那顆心臟還在我的身旁跳動著。

光是這項事實，就把我的腦容量完全塞滿了。唉，假使我將這麼感傷的想法說出口，那位前搭檔一定會嘲笑我的。

「是說，你應該算助手吧？我要找的是偵探本人……」

她一語道破。不過的確，事實就像齋川所言。

我從四年前就僅只是一介助手，而如今真正的偵探——

「——呼呼，沒錯。所有的煩惱都交給我這位名偵探——夏凪渚來搞定吧！」

怎麼樣！——夏凪交叉雙臂，露出「嗯哼！」的得意表情。

真受不了，她的自信從何而來啊。

「那麼，齋川小姐，請把詳細情形告訴我吧。」

不過，既然她本人這麼有幹勁，我也沒必要潑她冷水。反正我頂多就是一名助手。

「老實說……」

於是，齋川向我們提起她之所以要委託我們的原委。

「原來如此呀。」

接著，在聽完說明後夏凪點點頭。

根據齋川所言，事情的經過是這樣的。

某天，在豪宅，也就是齋川家收到了這樣一封信。

『在齋川唯的巨蛋演唱會當天，我將取走市價三十億元的藍寶石。』

雖然很懷疑現在這個時代還會有這種乖乖送預告信來的竊盜犯嗎？但因為是實際發生的事實，只好嚴肅對待了。

總之，這是很明顯的犯罪預告，現役偶像齋川唯的巨蛋演唱會（似乎預定在一週後舉辦）就是犯罪日。

希望我們防患於未然，這就是齋川唯所提出的委託內容。

但話又說回來，齋川是怎麼找上我們的？

是出於我容易被捲入事件的體質，或者，是來自那顆心臟的呼喚？

「妳知道信上所謂的三十億元藍寶石是指什麼嗎？」

「是的。是位於我家藏寶庫中——那顆傳家之寶『奇蹟的藍寶石』，一定不會錯。」

「藏寶庫」、「傳家之寶」、「奇蹟的藍寶石」——全都是跟本事件極為相稱的詞彙。

「下週日因為我要開大型演唱會，這個家到時候將空無一人。我猜對方就是計畫趁那個空檔竊取藍寶石吧。」

……這算哪門子計畫，那個犯人都自行預告下手的時間了，就算趁那天行動又有什麼好處？

還是說那傢伙非常有自信，就算事先告知依然有辦法把東西偷走？在這類案件中，的確存在以被害人反應為樂的傢伙。

「不過，既然已經知道犯罪日，當天主動增加警備不就行了嗎？我看這棟房子裡就有很多特勤保安啊？」

剛才進入這棟宅邸時，我就看到許多身強力壯的西裝男在四處逛來逛去。只要把房子的安全交給他們，就應該沒我們的事了。

「不，就是因為那種事辦不到，畢竟犯案當天是我的演唱會。」

「嗯？啊啊我懂了，特勤保安要跟去演唱會現場負責維持秩序吧？」

「啊，不是啦。他們都是我的鐵粉，比起守護三十億元的藍寶石，他們更想看我在臺上唱歌跳舞。」

「把他們全都開除算了！」

這是什麼亂七八糟的委託。

因為覺得這件事太愚蠢了，我忍不住從座位站起來。

「等一下，君塚。」

要求我留下的人，很意外地竟是夏凪。

「既然人家誠心拜託我們，我們不如繼續聽下去？」

「……怎麼？妳好像格外積極啊。」

是因為剛當上名偵探才變得這麼勇於任事嗎？雖說積極主動本身並不是什麼壞事……但過度參與事件，也很難保證將來不會後悔。

十八年人生都伴隨著容易被捲入麻煩體質的我，或是過去那位無敵的名偵探也就算了，身為普通人的夏凪扛起這件工作擔子未免太沉重了點……

但這時，夏凪卻對我附耳竊竊私語。

「不是啦，你想想看，這件案子的委託主可是住在**這種豪宅**的女孩唷？也就是說……」

……原來如此啊。嗯，報酬搞不好會讓人相當興奮。

「偵探可不是以斂財為目的的職業喔。」

「話雖如此，錢還是必要的吧？又不能預測到今後我們還會被捲入哪些案件中。」

……這種說法確實有道理。以我這個曾親身流浪過三年的人來說，錢的重要性我比誰都清楚。

然而，那也意味著——

夏凪是否對自己今後的人生做好了覺悟。將來，她搞不好會經歷我跟希耶絲塔所度過的那三年也說不定。想再過平凡的生活恐怕不可能了，若是有這樣的覺悟——

「我要買新泳裝……」

「喂。」

……也罷。即便目的怪怪的，沒有錢的確萬萬不能。

理由絕對不是因為我想看夏凪的泳裝喔（真的不是），反正我重新坐回座位上。

況且。

委託主不是別人，是來自**日本的偶像**——齋川唯啊。

我的耳邊，莫名又響起了那傢伙兩年前曾哼過的曲調。

「那麼，委託內容就是那個囉。演唱會當天，我跟夏凪得保護好這棟房子裡的藏寶庫對嗎？」

「啊，沒錯，大致就是那樣。」

喂，妳也太隨便了吧。人家好不容易才鼓起鬥志地說。

「是說，這種工作如果交給警方不是比較好嗎？」

「我已經找他們談過了，但只是一封預告信還無法構成警方辦案的動機。」

……這麼說也有道理。

所謂普通的警察都只會對已經發生的案件採取行動。

不過或許這麼說有點現實……但這件案子是名副其實地涉及了大筆金額。只要對警察暗示這點他們應該會出動才對啊。

「竟然想到要收買警方什麼的，真不愧是變態先生出的主意。」

「我什麼都還沒說耶。」

「既然沒有麵包，乾脆直接把麵包店買下來算了——確實這種想法我也不是沒有考慮過啦。」

「妳這種念頭才是連瑪麗．安東尼聽了都會跌破眼鏡啊！」（註6）

這位少女明明有張可愛的臉蛋，卻彷彿把整個世間都踩在腳底。

她左手倏地拿起杯子，優雅啜飲紅茶。雖然不太甘願這麼說，但就連這種動作看起來都很高貴美麗。

註6　瑪麗．安東尼是法國大革命中被處死的法國王后，曾說過農民沒有麵包吃可以吃蛋糕，意思類似何不食肉糜。

「事情就是這樣，那麼現在馬上帶兩位去參觀藏寶庫吧。」

我還不太懂所謂「事情就是這樣」代表什麼意思，但恐怕是指會談已取得共識了不必繼續說下去，於是我也跟著齋川站起來。

不過，嗯，應該這麼說。

「喂，齋川。」

只有這個疑問，還是趁現在先解決比較好吧。

「為什麼這次的委託人——是齋川唯妳呢？」

不是她父親，也不是她母親。

齋川家的傳家寶明明面臨失竊的風險，為什麼成年人沒來參加這場會議。

對於這理所當然的疑惑，齋川表示：

「我的雙親在三年前就亡故了，因此目前齋川家的當家是我。」

是的，齋川用我在電視上常看到的那種笑容回答。

所謂的偶像，還真是一種討厭的工作。

◆我是不會死的

之後，我們在齋川的帶領下於藏寶庫和宅邸大致繞了一圈，並交換好雙方的聯絡方式就先解散了。

接著在從齋川家回去的路上。

「妳認為如何？」

這時太陽已完全下山，我對走在身邊的夏凪問道。

「什麼如何？」

「這次的委託，有辦法解決嗎？」

「跟我事先預想的不太一樣……這麼說你會生氣嗎？」

「我幹麼生氣。」

即便我已經忠告過，不要當任何人的替代品，夏凪卻依然主動承擔了偵探的角色。這種結果，想必有一時興起，也有被熱血沖昏頭的成分在內吧。

此外，冷不防朝我們拋來的這件委託，又跟普通偵探會接手的案子性質大不相同。她會不知所措也是無可奈何的。

「我亂說的啦。不過當一個偵探，還真是挺辛苦的。」

「可能沒辦法再過普通女高中生的生活囉。」

「我原本以為，偵探要做的工作，就是些幫人尋找走失的寵物貓之類。」

「現在立刻向全國的偵探業者謝罪吧。」

……話雖這麼說，她的認知也不見得完全錯誤。

「昨天啊。」

夏凪邊說邊在街燈下突然停止腳步。

「我作了一個夢——是關於希耶絲塔小姐的。」

大概是因為最近發生了這麼多事吧，夏凪如此表示並將視線對準我。

「……是嗎？那傢伙，還好吧？」

「首先，她那麼漂亮簡直是嚇死我了。」

「我就說吧。」

「呃，我不懂君塚你有什麼好得意的耶。」

……話說回來，夏凪應該沒見過希耶絲塔才對。也就是說，昨天聽了我的話，她憑想像力在夢裡描繪出希耶絲塔的模樣吧。

「那傢伙說了些什麼嗎？」

「啊——不知為何，我跟她吵得很激烈……」

「別在夢裡跟初次見面的人吵架啊……」

不過也對，我總覺得不是不能想像那種場面。

希耶絲塔跟夏凪，在個性上感覺剛好完全相反……或者該說一個是理性型一個是感性型。不過雙方都很積極主動，這點又可以說十分相似。

「兩個人都大放厥詞，誰也不願屈服，甚至稍微動了手。」

「我絕對不想看到女人之間拳腳相向啊。」

「可是到了最後。」

我聽見夏凪用力吸了一口氣。

「全都交給妳了——她是這麼對我說的。」

在街燈下，夏凪以率真的目光凝視我。

「……所以妳們吵架的原因是我囉。」

說完我才覺得有點不好意思，正準備隨便開個玩笑掩飾過去時……夏凪卻……

「……！才、才不是，我們才不是要爭奪君塚什麼的。」

「咦，妳那是什麼反應啊。反而讓我有點困擾……」

「啊——啊——！這個話題到此為止！」

就像這樣，夏凪急忙中斷原本的話題，還同樣急促地用手幫臉搧風。我以為都這麼晚了天氣應該很涼爽才對啊。

「總之！我身為偵探，君塚身為助手，兩人要一起努力。」

「好啦好啦，泳裝還得看辦案成功與否對吧？」

「君塚也很想欣賞吧？我換上泳裝的模樣。」

「啊——好想看好想看，我超想看的。」
「你的敷衍態度真叫人火大。」
夏凪翻了個白眼後將臉湊向我。
「算了，就答應你吧。」
「這樣好嗎？」
「那等我們平安無事解決這個案子後，要不要一塊去海邊？」
「別突然豎起死亡旗標啊。」
「不會死的。」
這時，夏凪往前踱了幾步，接著又轉過身。
「我是不會死的。我絕不會拋下你，自己一個人任性地死去。」

對這顆心臟發誓。
夏凪這麼說道，把手按在自己的左胸上。
「是嗎？」
在一片漆黑的夜空中，浮出一彎娥眉月。
對著那遙遠、遙遠的月影，我們繼續前行。

◆聊不完的街坊八卦

到了翌日。

我獨自造訪位於附近大型購物中心內的唱片行。

至於目的，則是購入齋川唯出過的歌曲CD專輯，還有她的演唱會DVD。為了將工作完成，收集與委託人相關的情報，在很多場合也是不可或缺的。這麼說的話，今天找夏凪一起來應該也是可以……好吧，這種無趣的工作理應屬於助手的職責。至少在那三年我都是這樣做的。

「出了這麼多啊。」

一通過店門口就可以看到齋川的專區，陳列著近幾年她所發行過的CD，螢幕上還播放著她載歌載舞的演唱會影片。

「戴著眼罩竟然還能跳得這麼好。」

齋川好像說過這是某種人物設定。左眼被愛心形眼罩覆蓋的她，在舞臺上的靈活動作令人眼花撩亂，似乎絲毫不受眼罩的影響。

「——君塚先生。」

「唔……！」

突然有個聲音從背後貼近我耳邊，害我忍不住聳起肩膀。

「原來如此原來如此，君塚先生的耳朵被吹氣會產生快感啊。」

「這種事不要擅自解釋又擅自當真啊——齋川。」

我轉過身，如今螢幕上的那位少女就佇立在我眼前，不知為何還一臉得意的樣子。

「不偽裝一下就來這種地方真的好嗎？很可能引發騷動的。」

「已經把帽兜戴上了，放心吧。」

這樣意外有效喔——齋川又得意洋洋地說道。

「那麼，君塚先生為何會出現在這？果然是越來越在意我了吧？是不是不小心變成我的粉絲了？而且還非常喜歡我？不過很對不起，因為我是偶像所以嚴禁談戀愛，只好來世再請你多多指教囉。」

「別擅自以為我要告白又擅自拒絕好嗎？我來這裡只是單純進行實地考察罷了。」

這個自稱最最可愛的偶像，對自己的可愛程度似乎深信不疑。

「實地考察嗎？原來如此原來如此，我也一樣。」

「齋川也是？」

「嗯嗯，其實上禮拜我才推出了最新單曲，我很好奇粉絲們的接受程度如何。」

這種精神真是值得讚許。雖然她對世間擺出一副高高在上的態度，但關於偶像工作本身好像還是挺認真的。

……不過在現今這個時代，還有必要特地來店面實地考察？是說我現在也在做類似的的事沒資格批評她就是了。

「今天沒跟偵探小姐一起來嗎？」

「對。沒有人規定偵探跟助手非得一起行動不可。」

「原來是這樣呀。對了，她還真是一位大美人耶。」

說到這，齋川很自然地站到了我的右側。

「呃，乍看下是很漂亮啦，只是個性有點那個就是了。」

「啊，夏凪小姐也是那樣嗎？跟我很像呢。」

「妳對吹捧自己真是毫不猶豫耶。」

不如說已經到了光明正大的程度。搞不好反而會讓人認為身為偶像就應該要這樣。

「嗯嗯，如果少了這樣的自信，想在偶像的世界生存下去非常困難唷。」

齋川彷彿無奈般地攤開雙手掌心。

「好比割破對手的舞臺裝，或是在鞋子裡放圖釘，這些都是家常便飯。」

「別把這種討厭的演藝圈幕後八卦說出來啊。」

「不過像這樣的競爭對手們，不知為何，到了第二天全都會從大眾面前消失呢。」

「那是巧合吧？一定是巧合沒錯。」

「君塚先生對日本的槍械管制政策是持贊成還是反對態度？」

「別從剛才那個話題轉到這件事啊，妳也太恐怖了！此外別說什麼贊成反對的，日本打從一開始就不允許持有槍械吧！」

我假裝不管過去經歷的那些事，這麼說道。

「呼呼，君塚先生的反應太有趣了我很喜歡。這只是開個玩笑，別太介意。」

齋川以親切的笑容仰望我。

「妳說的哪部分是玩笑啊。」

「我喜歡君塚先生——這部分是開玩笑。」

「原來如此我懂了。妳這傢伙，是在尋我開心對嗎？」

「啊哈哈，剛剛那句才真的是玩笑話啦。」

齋川邊笑道，邊將手伸向眼前的試聽專區。

這個女子中學生還是跟之前一樣，讓人完全無法掌握哪部分是真心話，哪部分是場面話。我側眼看著在一旁愉悅試聽自己CD的齋川，越來越覺得偶像還真是一種高難度的職業。

「現在才問好像已經晚了，不過那麼多狀況妳真的沒問題嗎？」

我估算曲子播畢的時機，如此對齋川詢問。

「嗯？你指的是什麼？」

「禮拜天不是有巨蛋演唱會嗎？況且還收到了那種預告信，呃，該怎麼說，妳的精神上可以負荷嗎？」

齋川的雙親已不在人世。還是一介中學生的她，背負如此的事態應該會感到很沉重才對。

「……放心吧。」

這時齋川依然面向前方，並倏地摀住自己的左眼。

「其實，我並不是獨自一人。」

「……？」

「我的父親跟母親，永遠都——」

然而，她這種跟平時不太一樣的表情也只出現了一瞬間。

「君塚先生，你很溫柔嘛。」

齋川一個靈活轉身面對我，自下方窺視我的臉。

「溫柔？很少有人這麼形容我就是了。」

「搞不好，君塚先生也開始萌生人類的情感也說不定。」

「別把我當成『跟博士生活久了開始理解人類**情感**的機器人』好嗎？」

「這叫喜悅，那叫悲傷。這流淌的淚水，就是你的**心**唷。」

「怎麼突然變成感動人心的科幻電影風格了。」

「那些姑且別管，把你製造出來的目的，單純只是要對敵人採取自殺式攻擊罷了。」

「太沒道理了……把剛才那個感動的劇情還來啊。」

我輕戳了她的腦袋一下，齋川便咯咯笑著說「君塚先生果然很有趣」，並把帽兜下的頭髮撥到耳後。她刻意用交叉雙手的方式做這個動作，感覺又多了兩分媚態。

「這種小手段可是沒法讓我上鉤的喔。」

「呼呼，等看了**我魅力滿點的ＤＶＤ**後，你還能說出同樣的臺詞嗎？」

「只不過是演唱會ＤＶＤ罷了，別誤導視聽啊。」

然而被她這麼一說，在她本人面前買ＤＶＤ不知為何變得有點為難了。我還是換家店再買吧，於是我轉過身。

「那麼，我先回去了。」

「我明白了，之後再見。」

關於委託的事還請多幫忙——這樣的聲音從我背後傳來，我則轉過頭朝後面揮了揮手。

我離開唱片行，打開手機點選聯絡人。

「……這件事，搞不好會比我想像中更棘手啊。」

鈴聲響了一次、兩次、三次，電話終於接通了。

『喂喂？』

「啊——現在妳有空嗎？風靡小姐。」

◆這就叫，唯喵出品

那之後又過了幾天，到了禮拜六——

也就是齋川唯演唱會的前夕。

我跟夏凪，前往要當作會場的巨蛋。

「快點，夏凪，彩排就要開始了。」

登上通往巨蛋入口的漫長階梯，我一邊對落後我十幾階、已精疲力盡的夏凪出聲道。

「真是的，當初聽妳說那天不會帶毛巾跟螢光棒過來，我就已經夠傻眼了，沒想到竟然連彩排開始的時間都不加把勁趕上……妳這樣也算是粉絲？」

「不，我才不是什麼粉絲。」

這時，夏凪不知為何半翻著白眼重重嘆了口氣。

「我說呀，你這樣，算不算公私不分？」

「我這樣？我哪樣了？」

「就是你身上那個呀！」

好不容易爬上階梯的夏凪，奮力指向我的服裝。

「這算什麼？為什麼你會穿著齋川小姐的演唱會T恤？為什麼你脖子上會纏著那麼多條完全不同會場、款式也不一樣的毛巾？還有你腰上別著一大堆螢光棒要做什麼？而那些護腕、帽子、運動鞋又是怎麼回事？」

感覺夏凪似乎累積了相當多的不滿，連珠炮般一口氣說完。

「這全部，都是唯喵的巡迴演唱會商品啊。」

「唯喵!?」

只要是粉絲，全都是以這個暱稱叫她。

「你這傢伙，最近一禮拜究竟在搞什麼鬼呀？既沒來上學，對我的聯絡也不理不睬。好不容易收到你的回訊竟然是叫我來看前一天的彩排……」

「啊——不是啦，我只是去搜集唯喵以前參加過的電視節目演出，不知不覺時間就跳到了今天——」

「ＯＫ，讓我來加倍殺死你。」

「咕，住手……拿毛巾，來絞殺是犯規的……咕呃呃……」

我拍打夏凪的肩膀，宣告投降。

「你到底還記不記得明天是什麼日子？」

在階梯的半途上，位置比我矮一階的夏凪不滿地仰望我。

「那還用說，當然是唯喵的演唱會囉？」

「唔，這個答案也沒錯……不過我們真正的目的不是那個吧？犯人預告會在明天動手——我們得在犯人的威脅下保護好那顆『奇蹟的藍寶石』，不是嗎？」

原來如此。夏凪想質疑的，是在犯罪日前一天我們是否來錯地方了這點。

「我明白妳的意思，但弄清委託人本來的面目不是更能夠發掘真相嗎？」

「……唔，說是這樣說。」

結果她好像還是無法全盤接受。

「不過，就因為這樣，在接受了齋川小姐的委託後，連她的彩排都得專程來參觀，這樣正常嗎？」

「既然已經接下了就要做得徹底一點。況且演唱會當天還得去唯喵家守著才行，只能趁今天努力享受明天錯過的部分了。」

「你剛才說『享受』對吧。」

什麼公私不分、政教分離這種艱澀的四字成語，如今就免了吧。

「你絕對是被那女孩迷住了。」

「我沒有迷上，只是感到好奇。」

「啊——那不是同一個意思嗎？」

是嗎？算了那也無妨。

其實早在一週前，我跟齋川就已經進展到乍看下能聊得很開心的關係了。雖說也只是乍看下而已。

「開場曲想必是那首《樹莓×灰熊》吧。」

「呃我對她的演唱會歌單是怎麼排的，一點概念都沒有啊。」

好啦，彩排即將展開。

我拉起依然歪頭不解的夏凪的手，加緊腳步趕往會場。

「戀愛的特快車永不止息～♪」

「Fu Fu——！」

「我會在終點站等你♪」

「Fuwa Fuwa！」

「普通車～只能被拋棄了～♪」

「不要拋下我們啊～！」

「禁止熄火♪九星號♪」

「Yeah!!!!!!!!」

我在觀眾席的後排面向舞臺，高高舉起粉紅色的螢光棒。

這股火熱的氣氛完全不像彩排，就連觀眾的回應都非常賣力。

至於身邊的夏凪則好像露出了「這傢伙沒瘋吧」的表情，不過我可不能在意。

「非常感謝大家～！剛才那首曲子是出自我第二張專輯中的《九星號急剎車！》唷！」

「喂結果還是停車了喔？」

一旁表情嚴肅的夏凪咕噥了一句。

「欸，剛才她不是唱戀愛的特快車永不止息嗎？」

「別在意那種小事。這就叫唯喵出品啊。」

「唯喵出品……」

這一禮拜我把她的作品全數聽完了，她的歌曲大致上都是這種調調。

容易上口的曲調搭配狂熱激情的歌詞，越是咀嚼就越覺得自己的味蕾好像麻痺了，這時反而可能會產生一種很甘美的錯覺——像這樣的風格就叫唯喵出品。

「變態先生，也謝謝你囉～！」

唯喵從舞臺上，朝著觀眾席的方向用力揮手。

「夏凪，她在點名妳耶。」

「百分之一千是指你吧！」

「不，她一定是看穿了從夏凪體內滲出的某種東西吧。」

「……唔！不要把這種奇怪的人設套在我頭上啊！」

滿臉通紅的夏凪，踢起鞋跟踹了我一腳。

「拜託，為什麼看演唱會穿高跟鞋啊，這樣很難跳動吧。」

「誰要跟你跳呀！會跳動的只有你的腦袋！」

這是什麼失禮的話，我明明只是在單純享受演唱會而已啊。

「那麼進入下一首曲子吧～」

然而，就在這時，唯喵對音響工作人員使了個眼色。

「要來了。」

「什麼要來了？」

「喂喂夏凪，剛才已經唱過《81》了對吧？那麼下一首曲子就應該是？」

「不，我就說了我根本不知道她的歌單呀。還有別把《九星號急剎車！》略稱為《81》好嗎？九×急＝81這是什麼肥宅的爛梗啊。」（註7）

註7　「急」的日文讀音跟「九」一樣。

光是能完全搞懂我的梗這點，該說真不愧是名偵探啊。

「那麼接下來就是唯喵的拿手曲子了。我們今天專程來就是為了聽這個喔。」

「我怎麼不知道這件事。」

對喔，我好像還沒跟夏凪提過。

……不，應該這麼說才對。

打從一開始我就不想告訴別人。

不管是夏凪，或是任何人。

我這麼做，一定會比較好辦事。

在工作途中逐漸被**唯喵**迷住的悲哀肥宅。

刻意選擇**扮演這種角色**，對我來說肯定會更便利。

「妳不知道嗎？只有在等下那首曲子最重要的副歌部分，唯喵會解除封印。」

「封印？」

對，封印。

那是唯喵……不，應該說齋川唯，對自己加諸的封印。也是她的祕密。

「那麼接下來請聽──《藍寶石☆幻影》。」

快節拍的前奏響起，而齋川也配合音樂踏起輕快的舞步。

「碧藍的地球，就像一面鏡子～♪」

我這一週聽遍了齋川所有歌曲，而更重要的是，把她到目前為止上臺表演的全部影片也都瀏覽過了。

在這當中，只有一點，卻是非常要緊的一點，帶來了極為巨大的不自然感。

那件事，果然還是從我們初次邂逅那天我所感受到的異樣為開端，最終兩者串聯起來。

——齋川唯，在說謊。

為了確認這件事，我今天才會來到這裡。

很快地曲子的第一段結束了，進入間奏。而就在這個時間點。

「咦，君塚……你看那邊。」

一旁的夏凪微微探出身子。

在舞臺左側，也就是舞臺邊的其中一翼，佇立著一名戴墨鏡且全身漆黑的男子。

那種打扮看起來完全不像工作人員。

「喂，那個人是不是有點怪怪的？」

真不愧是偵探，直覺相當敏銳。可惜。

「嗯，那個人怎麼了嗎？」

我故意裝出沒反應的樣子。

抱歉夏凪，妳得再等一下。

接著曲子的第二段也結束，當即將進入副歌部分時……那名黑衣男子終於朝齋川走去，隨即。

「咦……呀啊啊啊啊啊啊啊啊啊！」

齋川的悲鳴聲傳向麥克風，響徹整座表演廳。

「喂，那傢伙是誰！快上去制伏他！」

就在千鈞一髮之際，那傢伙只差一點就要碰到齋川時，警衛人員把他給架住了。

「……果然，是這樣嗎？」

這一個禮拜來始終縈繞心中的不自然感，直到目睹如今的光景，我才終於產生確信。果然就算有點勉強，今天來這裡還是正確的選擇。

「君塚！快過去！」

眼見齋川茫然地當場蹲下來，夏凪踢掉高跟鞋赤腳衝上舞臺。

以人性來說，那是非常美好的舉動。

但這種激情，對偵探來說是多餘的。

不管是溫柔、衝動，這些在時機不對的時候，都會變成毒藥毒死自己。

關於這些事，夏凪仍一無所知。

「妳沒事吧？」

我隨後慢了一步才登上舞臺，對怯懦的齋川出聲關切。

「啊，是變態先生……謝謝你。」

「都這種情況了就別叫我變態啦。」

是說，她還能開玩笑也算萬幸。希望剛才的事不會成為她的心理創傷。

「不過，我還是沒搞懂剛才發生了什麼事。明天保護藏寶庫固然重要，但這座會場的維安工作也得留意才行。另外請妳讓我們看一下後臺。」

「好的……」

齋川大概是還沒從驚嚇中恢復吧，只見她無力地點著頭。

我也覺得很過意不去。

然而，偵探這種職業的行動原理全都要建立在理性之上，唯有這點希望夏凪能好好理解……是說，我也不過只是一介助手罷了。

◆決戰在星期日

翌日，是星期日。

今天就是齋川家的傳家寶「奇蹟的藍寶石」預告會被竊的日子。

接下齋川家現任當家——齋川唯的委託，我跟夏凪理應要在她家進行警衛工作才對。

但如今，我跟夏凪正搭計程車移動到**目的地**。

「君塚……你昨天說的話，都是真的嗎？」

在車子的後座，一旁的夏凪這麼問道。

昨天，在那場彩排結束後，我跟夏凪前往之前曾去過的咖啡廳，討論今天的工作分配。我也趁那個時機，將齋川唯所隱藏的**祕密**首度分享給夏凪。

「因為妳相信了，現在才會出現在這不是嗎？」

「這個嘛，算是吧。不過**那邊**真的沒問題嗎？大唱空城計總覺得……」

「啊啊，那邊已經安排好了。應該是風靡小姐會出動吧。」

「……我早就想問一個問題了……那個人究竟是何方神聖？」

「她自己一個人就等同一支軍隊的戰鬥力。」

「這樣的說明很模稜兩可啊。」

很抱歉其實我也沒有完全摸清那個人的底細。只是可以確定，她絕對是個可以仰仗的對象沒錯。

「妳內心還有什麼不安嗎？」

「也沒什麼……只是，不知為何覺得難以釋懷。」

「難以釋懷？」

「結果，這件事最後還是由君塚解決的。」

偵探明明是我呀。

夏凪語畢面對車窗外，遠眺正在緩緩落下的夕陽。

「這次純屬偶然。」

「是嗎？」

「是啊。我求助於妳的那天，想必很快就會到來。」

真要說起來，以前我總是站在受幫助的那方。如果我不偶爾出點力，妳的心臟恐怕會勃然大怒吧。

「開場時間快到了。」

我低頭看一眼手錶。說服風靡小姐他們，以及要求另一號人物的幫助，然後再搭車趕到這裡，花了比我想像中更長的時間。

「要是來不及的話那可就不好笑了……」

很快地，齋川唯演唱會的第一首曲子就要開始了。

「怎麼，你果然還是很想聽？」

或許是已經釋懷了吧，只見夏凪微微揚起嘴角這麼問道。

「那單純只是工作而已。我對《樹莓×灰熊》毫無興趣，昨天不是在咖啡廳說過了？」

「你是說過，但演技有必要逼真到那種程度嗎？昨天在會場的君塚簡直是噁心死了。」

「別說什麼噁心死了好嗎？被女高中生罵噁心可是比什麼都更傷人啊。」

「老實說，直到現在我還是認為你可能會對那方面非常感興趣。」

「白痴，如果不是為了工作我才不會去那種地方，什麼鬼**巨蛋**。」

我們隨口抬槓，一路前往**目的地**——也就是**齋川唯的巨蛋演唱會**疾駛而去。

雖然說我已經拍胸脯保證一切都安排妥當，但最後要是沒趕上，就一點意義都沒有。

「請再開快一點。」

我對計程車司機這麼出聲道。

「……綁好安全帶。」

司機的帽子下露出金髮。

被帽簷陰影遮蔽的混濁眼眸，透過照後鏡瞥了我們一眼。

「希望能趕上《81》啊。」

「你真的沒有迷上她？」

◆藍寶石☆幻影

「……這種場面，跟彩排根本截然不同啊。」

我們抵達巨蛋，打開表演廳入口後在眼前等待我們的，是壓倒性的燈光與音響。七彩的聚光燈胡亂反射著，音浪沉重到連胃壁深處都為之撼動。

這裡一定是從日常生活中切下一個蛋狀後打造的異世界吧。

此外，支配這個世界的人，正是偶像——齋川唯。

她身著裝飾華麗的舞臺裝，無數根螢光棒為她獻上光輝。

她用任誰聽了都會為之傾倒的歌喉所演唱的，正是她最新的單曲。

演唱會很快進入後半段——接下來應該就是由她暢銷作所改編成的組曲吧。

「喂！」

我的袖子被扯了一下，促使我的意識回到現實。

「我們的座位在哪！」

夏凪伸長背脊貼近我耳邊叫道。如果不這麼做，我們根本聽不見彼此的說話聲。

「哪有什麼座位，我們連門票都沒有咧！」

「啊……」

那麼我們是怎麼溜進這座表演廳的，其實就是讓警衛稍微**睡了一下**而已。

「是說剛才那些警衛真的沒事嗎!?」

「妳放心！**那傢伙**已經沒有傷害別人的企圖和動機了！」

看來包括後續的事在內，那傢伙已經跟風靡小姐達成了某項交易吧。

——就在這時，前一首曲子結束了，在掌聲結束後瞬間的寂靜降臨，現在正是大好時機。

「夏凪，我們差不多該出發了。」

我恢復低音量，拍了拍夏凪的肩膀。

「咦，去哪裡？」

「先盡量靠近舞臺。」

昨天，我以參觀彩排的名義，先偷偷看過一遍會場的地形。

我們縮著身子，不浪費一分一秒時間，而且還要在不引人注目的前提下緩緩移動。

「是說這件行李難道不會礙手礙腳嗎？剛才要是放在車上就好了。」

夏凪指著我的小提包說。

「啊——這個喔。」

「裡面裝了什麼？」

「我不想用的東西。」

希望不必派上用場也能解決事件，換句話說，就是這個意思。

「……唉，算了隨便你吧。接下來呢？你說的那首歌還沒到吧？」

「是啊，那首是放在《81》後面。」

「這麼說來沒錯……昨天來看彩排真的只是為了工作啊。」

「妳疑心病也太重了……不對，偵探多疑一點也沒什麼不好吧。」

「……是呀，或許吧。」

新的曲目又開始了。

按照彩排時的順序，再下一首就是《81》，而事件應該會在下下一首的《藍寶石☆幻影》引發。時間只剩下十分鐘左右……我們在盡量不引發周遭懷疑的情況下，悄悄向舞臺前進。

「不過，靠近舞臺後你又打算怎麼做？」

夏凪對我附耳問道。

「老實說，只能見機行事了。我根本猜不出會發生什麼，搞不好什麼事也沒有只是我在杞人憂天。因此我們唯一能做的，就是在有限的條件下盡最大的努力。」

絕對不能錯過事情發生的那一瞬間——只有這樣了。

為此，我們現在要偷偷摸摸地盡量接近齋川。

必須比起不曉得會在哪出現的──**那些傢伙們**更靠近齋川才行。

「謝謝大家~！」

歡聲沸騰，看來又是唱完了一首。

接著就要輪到《81》……得稍微加快腳步了。

「趁現場氣氛來到最高點，那接下來就直接跳到那一首吧！」

齋川透過麥克風跟觀眾說了幾句話，而隨後流瀉出的旋律是──

「那麼大家請聽──《藍寶石☆幻影》！」

什麼……!?

跟彩排的順序不一樣……糟了，之前浪費太多時間了。

「怎、怎麼會！」

「對，大事不妙。夏凪，動作快！」

「君塚明明是那麼期待《81》耶！」

「誰期待了！」

現在並不是開玩笑的時候。

當然，夏凪也明瞭這點，雙腳朝舞臺加緊邁步。

「碧藍的地球，就像一面鏡子~♪」

會場的能量一口氣升高起來，彷彿炸彈開花的音響與燈光使熱氣急速上升。

《藍寶石☆幻影》——這是偶像齋川唯最暢銷、也最拿手的歌曲。每當輪到這首曲子時，她都會進行某項**演出**。

而那個動作，也必將扣下事件引發的**扳機**。

我跟夏凪，就是為了阻止那件事才來這裡的。

「君塚所說的**那些傢伙**，如果已經潛入會場，會藏身在哪裡呢？」

「我不清楚……說不定已經混入觀眾群當中了，或是像昨天那個男的一樣藏在舞臺側面也不是不可能。」

昨天，齋川跟工作人員帶我們看過後臺以及各式各樣的演唱會設備，但這樣反而讓可疑的地點變多了。要把所有的選項全數排除，光靠我們兩人是完全不夠的。

換言之，光靠我們來對付這件案子是行不通的。畢竟又準備了一天，此時此刻，**那邊應該也在忙那邊的任務**才對。因此眼前我們只能在有限的條件與人手下，設法撐過這個局面。

「隱藏的祕密，就在寶石箱裡♪」

曲子很快就要進入副歌部分，整首歌的最高潮就要來了，屆時她也會解除**封印**。事件如果要引爆，那真可說是迫在眉睫。

「……好，終於到了。」

這時我們總算穿越觀眾席來到最前面，抵達舞臺側面的通道。

在哪，到底躲在哪。

我定睛凝視，仔細搜尋連是不是真的在這都不確定的目標。

然而，七彩的螢光棒遮蔽了視野，位於近處的音響巨大音量更削去了我的注意力。

「…………！」

夏凪在說些什麼，但我完全聽不見她的聲音。

……混蛋，這環境比我想像中更不利。

恐怕就在某處……那些傢伙想必就躲在附近的某個地方。不過已經快沒時間了。

我原先太高估自己，以為到了現場只要全力動員視覺聽覺就能發現目標，看來是太迷信自己的經驗了。一旦眼力跟聽力無法發揮正常功能，就會像這樣連腦子都打結嗎？

不行了，大音量跟強光讓我的頭嗡嗡作響。甚至開始想吐……

雖然也想藉助夏凪的力量，但在這種環境下連彼此溝通都辦不到。

有什麼、有什麼好點子嗎……

……不，等等。

對喔，即使是這種環境，搞不好，讓那傢伙出馬——

「是我！你聽得到嗎！」

我按著太陽穴，對雇來當司機的**那傢伙**大叫道。

雖然眼睛看不見，但只要用耳朵就能開車——如此宣稱的那傢伙，先前讓警衛們**睡著**後，此刻應該還在會場附近抽菸才對。

也就是說，他的位置離我們大約有數百公尺……不過這種距離，對他來說一點也不成問題。

即便是在這種巨大音量下，我的聲音也一定能傳達給他。另外，就連躲藏起來的**敵人心跳聲**，那傢伙一定也有辦法。

「——蝙蝠！敵人在哪裡！」

長褲口袋裡傳來震動。

通訊軟體跳出通知訊息——上頭是一個『➡』的符號。

……這是，箭頭？還是某種暗號？

……！原來是這樣啊……好！

我拋下驚愕的夏凪，直接衝上齋川所佇立的舞臺。

在曲子最高潮的副歌，齋川將取下**左眼眼罩**。

這是她的拿手曲，也是今天最有看頭的一幕，更是她使出渾身解數的一場大秀。

歡聲再度沸騰。

然而，那正是齋川唯的封印，一個對我們始終隱瞞的祕密。

「——市價三十億元的奇蹟的藍寶石，就是齋川唯的左眼！」

我一邊閃避**朝這裡飛來的弩箭**，一邊抱起齋川，這麼說道。

◆超級偶像如是說

那麼，關於本次的事件。

究竟該從哪裡開始、從哪一部分進行說明更貼近事實呢。

以誰的視角敘事，才能讓這整個故事更容易理解。

很遺憾我的職業是學生，或者說是一名助手……意思就是我絕對不是什麼小說家。因此，就算要讓某人將這次的始末寫成一個故事，我做為一個敘事者也是完全不合格的。

如前所述，其中的謊言、祕密、隱情等……各式各樣難以捉摸的資訊實在太多了，因此劇情的展開想必會出現許多自相矛盾之處。

「不，那全部都是我不好。」

演唱會落幕了，在那之後。

我跟夏凪被齋川叫去她後臺的休息室。

接著端坐在我們正對面的齋川，低下頭以反省的口吻說道。

「我隱瞞了一開始就應該告訴二位的資訊，擅自進行判斷，結果就變成了現在的狀況。對二位造成了莫大的困擾。」

真對不起。

這麼說完後，齋川深深一鞠躬。

「……呃，我還是不太懂現在的情況是怎樣……妳可以為我說明一下嗎？」

大概是因為身為偵探卻無法掌握事件真相而感到羞愧吧，夏凪有點遲疑地輕輕舉起手。

但，真要說起來我也是半斤八兩。

本次事件的真相……以及造成這種結局的前因後果，我所知的頂多只能算推測。對於當事人親口的自白，我也同樣期待已久。

「……我明白了。我對此有責任，那麼故事雖然會變得有點長，還請二位繼續聽下去。」

齋川將覆蓋左眼的眼罩再度取下。

那顆想必能映照出世間萬物的碧藍眼眸——正如藍寶石一樣美麗。

「那麼，究竟我該從何說起比較好呢？

「不，你們二位想知道的肯定是一切內容，這點我曉得。

「所以果然還是先從我左眼的事開始……或者該說，那就是造成結局的一切開端吧。

「我這顆碧藍的義眼，是八歲生日時雙親送給我的。

「關於這點，偵探小姐……應該說助手先生應該早已察覺到了。

「沒錯，這是義眼，並不是什麼所謂的異色瞳。

「我一生下來左眼就看不見，小時候對此感到自卑的我，變成了一個非常內向怯懦的孩子。

「我的雙親擔心我這個獨生女，希望能盡量讓我積極樂觀一點，於是就把這顆比大海更湛藍的藍寶石色義眼送給我。

「當時的我被這顆寶石的美所深深吸引——雖說畢竟不是能隨便在他人面前亮相的東西——但即便如此，只要有這顆義眼在，不知為何我就能擁有自信。

「也是從那時開始，我投入了偶像的工作。

「父親跟母親看到我變得充滿活力都很開心，而為此感到喜悅的我也更加努力訓練。

「啊啊，這才是活著的感覺……或許你們二位會笑我太誇張了，但我當時確實是這麼想的。

「抱歉，好像有點離題了。

「總之，我就是這樣出道成為偶像並過著一帆風順的生活，但這樣的美好日子並沒有持續多久。

「三年前，我十二歲的時候雙親因意外事故身亡。

「他們兩位所留下的，就只有那棟巨大的宅邸，以及數目多到用也用不完的遺產，最後……就是這顆左眼。

「因此對我來說，這顆碧藍的眼眸比什麼都來得珍貴，同時，那也是我想要自己一個人深埋心中的寶藏。

「為此，我平常都戴著眼罩……只有在大舞臺上表演的短暫一瞬間，我會讓大家看到這顆左眼。

「不這麼做的話，假使雙親從天國來觀賞我的演唱會，搞不好就不會察覺這顆左眼的存在了。

「我這顆宛如碧藍寶石的眼眸，是我跟父親、母親聯繫的唯一羈絆，我並不認為那是要隨便展示給別人看的東西。

「基於這個理由，一開始才沒對二位說出義眼的事。

「不過萬萬沒料到，犯人會將我的這顆眼珠稱作『奇蹟的藍寶石』，這是我作夢也沒想到的。

「剛好在齋川家的藏寶庫裡，也有顆據說市價三十億元的藍寶石，我才會誤以為犯人的目標是那個。

「倘若我能在一開始就公布所有資訊，今天這件事處理起來就不會那麼棘手了……一想到這，我就感到萬分抱歉。

「此外我內心還充滿了感激。

「本來以為偵探小姐你們今天會趕去我家那邊，所以我稍微嚇了一跳……真不愧是名偵探啊。

「除了看穿我的祕密、察覺出犯人真正的目的，還努力趕到我身旁。

「甚至，把這整件事假裝成舞臺演出的一部分，極力避免使觀眾感到不安。

「把案子委託給二位真是太好了。

「真的，真的──」

──非常感謝你們。

故事似乎已經說完的齋川，對我們行了個超過九十度的禮。

沒錯……正如齋川所言，犯罪預告所點名的市價三十億元藍寶石，並不是指齋川家的傳家寶，而是在齋川身上的這顆碧藍義眼。

犯人鎖定齋川在舞臺上露出那顆碧藍光芒眼珠的時機，試圖自遠處狙擊。

幸好以結果論，沒有任何一人因此受害，藍寶石也沒有被竊，這起事件……或故事就這樣落幕了。是個無懈可擊的圓滿結局。

「已經夠了……妳可以抬起頭嗎？」

聽了夏凪的話，齋川才緩緩揚起臉龐。

她的臉上，彷彿交雜著感恩與謝罪之意……但同樣的，也像是身上的重擔終於卸下般，看似神情輕鬆了不少。

就像這樣，我們跟齋川言歸於好，又聊了兩三句以後，從她手上接過一些酬勞——之後我會跟買了新泳裝的夏凪約定，改天要一起去海邊——啊啊，這回的案子終於平安落幕了。

雖然遭遇了一些麻煩，碰到意料外的發展，還多少承受了驚訝與疲憊，不過那些還不至於構成太大的問題。跟希耶絲塔共度的那三年，才叫做驚險萬分，每天暴力不斷呢。

那麼，我該返回平靜的日常生活了。

首先要跟夏凪討論，到底要去哪裡的海灘才好。既然如此，就去每次的那間咖啡廳集合吧。

——如此這般。

彷彿什麼事也沒發生一樣，彷彿自己毫無所覺一樣，安安靜靜地離開這裡，如今的我真能辦得到嗎？

換作一週前的我，就是那個尚未跟夏凪，或者該說那顆心臟重逢的我，鐵定能像這樣裝作若無其事的表情走出這間後臺休息室不會錯。畢竟那種做法，會比較輕鬆。只要我那麼做了，平穩的日常就會在前方等著我。

只可惜，或者該說很遺憾，我已經不能再閉眼假裝沒看到了。

齋川的確向我們吐露了那個她一直隱藏的祕密。

然而，關於她的謊言，卻尚未向我們吐實。

「喂，齋川。」

聽到我的呼喊，她朝這邊轉過臉。

「什麼事呢？」

用純真無邪，微微歪頭的不解模樣凝視著我。

她身為偶像——不論是哪種表情，都能在瞬間擺出來。

不管是笑容、哭泣，她都能隨心所欲。

「妳沒殺掉我跟夏凪的懲罰，妳真的不在意嗎？」

霎時，偶像齋川唯的臉上，失去了一切的色彩。

◆她的眼眸捕捉到了什麼

「真是的，你突然胡說八道什麼呀，助手先生。」

齋川失去表情的反應也只在瞬間，她立刻又恢復了平日的偶像笑容。

這種職業級的技巧，甚至讓我莫名感到恐懼。

「你的意思是我想要殺了兩位嗎？啊哈哈，助手先生搞不好更適合當個懸疑推理小說家呢。」

這句臺詞我以前就很想說了——齋川語畢後露出微笑。

「等一下君塚，齋川小姐不是已經自白過她的祕密了嗎？我之前也沒聽你提過她還有什麼其他的事……」

在我們三人之中，表情最困惑的是夏凪。

「犯人鎖定的目標並不是藏寶庫的藍寶石，而是齋川小姐的左眼，對吧？所以我們才沒去保護藏寶庫而是往巨蛋的方向趕去……我只知道這樣而已。」

是的，我並沒有對夏凪說出事件全部的真相。

我本來還期待齋川會親口說出來，但看來這個希望落空了。

「正如夏凪說言，齋川已經揭曉了自己的祕密……但關於她的謊言卻絕口不提。」

「謊言？你在說什麼啊？」

另一方面，齋川臉上始終掛著微笑繼續聽我發言。

「齋川唯——妳從一開始，**就跟犯人們聯手打算殺了我跟夏凪**，對吧？」

咦——夏凪傻眼了。

「不，實際上夏凪只是順便，我這麼說沒錯吧。敵人鎖定的目標恐怕是我。」

「怎麼會……你有證據嗎？」

本來應該身為偵探的夏凪竟吐出了嫌犯專屬的臺詞，至於當事者齋川卻依然毫無半點動搖之色。

Prrrrrrrr——

但就在這時，我口袋裡的手機響了。

「喂，我是君塚……是的，沒錯……是這樣嗎？哪裡，真是麻煩你們了……謝謝，那麼先這樣。」

太好了，看來那邊的事也進展得很順利。

「君塚，剛才是誰打來的？」

「啊啊，是風靡小姐。她剛才**好像已經把安裝在齋川家藏寶庫的炸彈**全部拆除了。」

真不愧是由風靡小姐所指揮的防爆小組，很順利就把事情解決了。

「……！可、可是犯人的目標不是齋川小姐的左眼嗎……為什麼連她家也？」

「因為，那些傢伙的目的有兩個啊。其一正如妳說，是齋川的藍寶石左眼。至於另一個——就是今天本來應該去齋川宅邸警戒的我跟夏凪的性命。」

「你的意思是？犯人盯上的，並非『藏寶庫裡的藍寶石』，而是『位於藏寶庫裡的我們』嗎？」

「就是那樣。」

對一無所知且輕忽大意來到藏寶庫的我們，使用定時炸彈炸死。還有剛才的弩箭也是，看來敵人並不打算直接現身。

「也就是說，齋川對我們所撒的謊就是這個。她打從一開始便知道犯人那邊的計畫……不，應該說被對方告知了，並將我們引誘到那間藏寶庫。」

「怎麼會，證據呢？」

夏凪以一副難以置信的表情靠過來追問。

「風靡小姐表示，警察毫不知情。」

「咦？」

「關於有犯人寄犯罪預告信到齋川家的情報，警方那裡從來都沒有接獲過。」

「怎麼可能……當初不是說向警察報案過了卻不被理睬，所以才委託我們偵探的嗎……」

夏凪望向齋川。那顆碧藍的眼瞳沒有一絲一毫的動搖。

第一次跟齋川相遇的那天，造成我內心不自然感的其中一項因素就是這個。

她家明明那麼有錢，而警方在嗅出金錢的味道後竟然還是不為所動，不管就正面或負面的意義來說，這都很不像警察的作風。

那之後為了小心起見，我主動聯絡風靡小姐，果然我的預感是對的。警方對寄往齋川家的犯罪預告信根本一無所知。

也就是說，齋川從一開始就沒有去找警察，而是和**我跟夏凪**這**兩個特定的人**接觸，這樣一來除了**別有目的**必須挑上我們之外，不可能有其他理由。

的確，在那個時間點，我還不敢肯定所謂**別有目的**就是要取**我跟夏凪**的**性命**。

不過，夏凪姑且不論，我被人盯上是很有可能的。此外關於那些犯人的身分——我內心也有數。

「不過，這樣不是很奇怪嗎？為什麼堂堂的偶像齋川小姐，會想要這麼做……難不成——」

夏凪所謂的「難不成」，恐怕與事實並不相符。

她絕對不是「ＳＰＥＳ」的一員。

「妳是被脅迫的吧。」

到了這時，齋川的纖瘦肩膀才終於微微搖晃了一下。

「如果不希望這顆左眼被搶走，就去把君塚君彥給解決掉，差不多是這樣吧？」

這就是那些傢伙提出的條件。

齋川一定是為了守護那顆比她性命更寶貴的左眼，才會把我們出賣給敵人。

「不過啊，齋川，那些傢伙並沒有那麼守信。他們不但要取我們的性命，連妳的左眼也要一道搶走。」

不，搞不好根本不是什麼搶，而是強行**破壞掉**吧。

透過那枝弩箭，將這顆藍寶石左眼擊碎。而且，對方的目的——

「不過，為什麼呢？」

夏凪插話進來。

「所謂犯人……也就是君塚所說的那個組織，為什麼要鎖定齋川小姐的左眼呀？就算那顆義眼再怎麼漂亮，也沒必要到……」

「義眼……最好是，那玩意並沒有那麼單純啊。」

「咦？」

既然那些傢伙會盯上，一定有其相應的理由。

「我說得沒錯吧，齋川？喂，我問妳，**妳現在看到了什麼？**」

齋川迅速掃過一眼，視線對準我腳底邊的那個小提包。

「是防身用的嗎？」

她終於脫口而出的語調，還是像平常一樣溫柔惹人憐愛。

果然沒錯嗎？

真不愧是偶像，**即便知道我的包包裡面是什麼**，臉上依然能浮現這樣的微笑。

「什麼防身用？啊啊，那是因為我從以前就經常撞上有人想要取我性命的場面啊。」

我迅速將一隻手伸入包包，空著的另一手則將夏凪用力推到後頭。

緊接著，我抽出手槍，向正前方舉起——

「我的『左眼』，**絕對不可能拱手讓給你們**。」

跟我一樣，齋川唯也朝我們舉起槍，雙方展開對峙。

◆那遠勝過任何一位偶像

齋川舉起的手槍，其準星正對著我的眉心。

「原來如此，**妳就是這樣被脅迫**的嗎？」

對齋川來說，我跟夏凪才是真正的敵人——是企圖奪走藍寶石左眼的罪魁禍首，那些傢伙就是這麼哄騙她的。此外，齋川也同意了對方說要幫忙除掉我們兩人的提議。

「真是的，那些傢伙連這玩意都借給妳了嗎？」

「不，這是我自己弄來的。」

「身為超級偶像怎麼可以擁有私人槍枝啊。」

「這點小事不過是普通的少女嗜好罷了。」

「天底下哪有這種離譜的少女嗜好。」

……不，現在不是互相吐槽的時候了。

「齋川，妳應該曉得吧，我們並不是妳的敵人——妳難道忘了剛才我們保護妳的事嗎？」

「唔……那個一定是為了讓我輕忽大意……」

「沒有那種必要，剛才我只要故意趕不及，弩箭就會精準插進妳左眼了。假使我真的是妳的敵人，何必多此一舉呢？」

「那個……那是因為……唔。」

「聽好了齋川，妳殺了我們也沒用。等妳殺了我們，妳的『左眼』就會被真正的敵人搶走。」

「沒那回事！」

齋川大叫道，並用拇指解除手槍保險栓。

「那是不可能的。如果真是那樣，真是那樣我就……」

她的表情毅然決然。

但聲音卻在微微顫抖。

「齋川，妳的左眼並不是單純的義眼，這妳應該明白吧？」

對我的質問，齋川只是咬著下唇並不回答。

「那是什麼意思呀？」

我背後傳來了夏凪發抖的說話聲。

「『SPES』對齋川的左眼如此執著是有理由的。」

「先前你也說過類似的話……所以到底是怎樣？」

「是啊。簡單說，齋川的眼睛就跟**那傢伙的耳朵**是同類的。」

「那傢伙？……！原來如此呀。」

夏凪好像終於想通了，頓時無法繼續接話。

「這顆義眼……人造的左眼，**具備透視物體的能力**。對吧，齋川？」

這就是那些傢伙對齋川「左眼」窮追不捨的理由。

雖然我不清楚齋川的雙親是怎麼取得這顆眼睛的……但總之，這項物品是「SPES」無法無視的存在。

「……為什麼你能看出這點？」

「最近這禮拜，我把齋川參與演出的電視節目影片全都看過一遍。結果我發現，**妳明明戴著眼罩，行動卻沒有什麼受影響的感覺**。」

正常情況下，失去一側視力的人，會比健康的人減少百分之二十以上的視野，此外還會難以掌握距離感。不過看齋川唱歌跳舞的影片，她身上幾乎沒有任何受影響的樣子。

不光只是這樣，我們造訪齋川宅邸的那天，她是用左手拿茶杯喝紅茶的——而她左側的視野，明明因為眼罩而受到了嚴重的影響啊。

在唱片行碰巧（事實上，應該是她在監視我吧）相遇時，齋川站在我的右手邊。然而，對於左眼理應看不見的她來說，選擇這種站立位置未免太不自然了。

以時間軸的順序來說，由於上述的不自然感越累積越多，我最後才會花上整整一禮拜徹底調查她的事。

「很抱歉，我過去的搭檔曾教過我關於磨練視覺跟聽覺的重要性。」

我回憶起兩年前，希耶絲塔**光靠視線**的線索，就把森林洋房的「梅杜莎」事件解決了。

……是啊，的確正如妳所說的，希耶絲塔。在這個行業，只有視力跟聽力敏銳的人才能生存下來。

「……原來如此，你從一開始就沒信任過我。啊哈哈，當你說無論如何都要來看我彩排時，我還以為發生了什麼事呢。」

「妳以為我變成唯喵的粉絲了嗎？」

「沒錯，我還以為你已經被我俘虜了呢。」

是啊，就連夏凪也這麼強烈懷疑過。

我跟齋川暫時忘卻雙方正處於用手槍互指的狀態，頓時噗嗤一笑。

「難不成昨天那個全身漆黑的男子也是助手先生安排的？」

「妳的直覺真敏銳……哎，我也覺得有點抱歉。」

齋川的左眼**能看見東西**——為了親眼確認這點，我才在彩排刻意製造那一幕。

當人類遇到突發的危機時，會很自然露出本能的反應。

即便齋川左眼戴著眼罩，她依然清楚辨識出從舞臺左翼接近的那名可疑男子。

她無法立刻做出「根據人物設定我的左眼看不見，所以不能察覺到從左側接近的男子」這種冷靜的判斷。結果，齋川的確在男子即將碰觸到自己前發出尖叫，讓事件平安收場。

附帶一提，那個全身漆黑的男子也算是我認識的人。四年前，他就是將手提箱交給我的傢伙們其中之一。

「正常情況下，為了確認『左眼』的性能有必要做到這種程度嗎？」

「不，我的目的還有另一個。以可疑男子出現為藉口，請妳帶我們參觀巨蛋內的演唱會設備。這是為了事先排除那些傢伙今天可能躲藏的地點。」

「……你的準備會不會太充分啦。」

「是我以前那個搭檔教我的。」

所謂一流的偵探是在事件發生前就預先解決了，她是這麼說的吧。

只是身為助手的我，恐怕還無法達到那樣的境界。

「這樣算是把底牌全都掀開了嗎？妳跟我兩人手裡的牌。」

「這個嘛……是的，我已經赤裸到沒有任何祕密了唷？」

齋川這麼說完，臉上浮現久違的魅惑笑容。

啊啊，這才是我所認識的那個偶像齋川唯。

「那麼既然雙方都開誠布公了，我要問一件事……妳可以把槍放下嗎？」

「呃……」

齋川霎時繃緊臉，接著又垂下頭。

「其實我已經知道了……我很清楚。君塚先生你們並不是我的敵人，而是想守護我的同伴——但。」

說到這，齋川再度抬起頭。

她那露出寂寞笑容的臉龐上，自右眼滑落一條如絲線般的淚水。

「那麼我該怎麼辦才好呢？究竟該怎麼做，**我才能保護好這顆左眼？**」

是嗎？原來齋川也明白這點。

殺了我們，問題並無法解決，威脅更不會消失。

畢竟「SPES」的目標並非只有我。齋川之所以還活著，不過是「SPES」用來解決我的工具罷了。如今齋川自身也陷入了危機當中，那根弩箭就是最有力的證據。

「……唔，我不行了。爸爸跟媽媽都已經不在了……要在這種一片漆黑的每一天生存下去，倘若少了不論多黑暗都能看到前方的**這顆眼睛**，我一點辦法都沒有。」

沒那回事——要說出這種不痛不癢的話簡直是輕而易舉。

畢竟我已經當助手那麼多年了，口才自然而然會變好。

舉例來說，就算在黑暗中無法看清前方，只要妳繼續當偶像，粉絲們就會高舉螢光棒為妳照亮前方的路，諸如此類。像這種動聽的臺詞，要我對她說幾句都沒問題。

然而，這種場面話肯定無法給齋川帶來救贖。雙親去世後的這三年，她拚死維持偶像的身分，繼續出現在粉絲們的面前，但如今，她卻像這樣握著手槍。

因此，對齋川而言，她所需要的並不是空口說白話。

既然這樣，她需要的究竟是什麼？

能拯救齋川的事物。

她如今最想要的事物。

那就是，那就是——

「我們呀，等這起事件平安結束後預定去海邊玩。」

這個說話聲，一開始是從我背後發出的，最後來到我身邊與我並排。

「還有，如果可以的話，齋川小姐要不要一起去。」

這個提議，跟現場的氣氛實在是太不相稱了。

彼此互相用槍口指著額頭。在這種緊繃的場面下，究竟有誰會想討論去海邊玩的事呢。

偵探所不可或缺的是絕對的理性，此外就是偶爾要動用的武力。

我……以及希耶絲塔，那三年就是這麼存活下來的。一路戰鬥到最後。

不過夏凪卻不同。

她的本質——是激情。

這是她唯一，也是最強的武器。

只見她對把身為偶像，以及自己正拿槍指著人這兩項事實都忘記、表情瞠目結舌的齋川說道。

「意思也就是，沒錯，我們能不能當朋友呢——就是要問妳這個而已。」

夏凪露出比全世界任何一位偶像都更耀眼的笑容，對齋川這麼笑著說。

「……為什麼妳還能說出這樣的話呢？」

齋川手握的手槍槍口，發出急促的顫抖。

「我之前可是曾企圖殺死你們啊？」

「放心吧，我們沒那麼簡單就會死的。」

「況且我還一直欺騙你們二位……」

「因為妳是偶像呀。這算是工作的一部分吧？」

「唔，妳那些都是詭辯。」

「對呀，所以我剛剛也是在騙妳……這樣就算是扯平了吧。」

「……哪有這樣的，太奸詐了。」

「嗯，我就是這麼奸詐。那麼，妳可以容許我的**任性**嗎？」

說完，夏凪又強調那只是她單方面的期望，並朝齋川默默伸出手。

這種行動，不管是我或希耶絲塔都絕對無法模仿。

「這太奇怪了吧，夏凪小姐……像妳這樣，妳這樣……」

「會嗎？是說如果有個奇怪的傢伙當朋友，一定會很有趣吧。最近我老是這麼想。」

說剛才那句話的時候，妳為啥要看著我啊，夏凪。真要比起來，奇怪的傢伙應該是妳才對吧？

「假設……假設我們變成朋友……也解決不了任何問題。而且反過來，還會給你們帶來更多的困擾。」

「我認為不是那樣。」

「咦？——啊！」

抓準齋川顫抖時露出的一瞬間破綻，我從她手中搶走了槍。

「齋川，妳說妳被那些傢伙盯上了，我不是也一樣嗎？別想什麼會帶來困擾了，乾脆我們結盟還比較好。」

沒錯。剛才聽了夏凪那乍看下很愚蠢的提議，我突然靈機一動。

反過來說，我們三人若是保持敵對的關係，就正中敵人下懷……那還不如我們三人站在一塊。既然有共同的敵人，就該締結同盟。

雖然不是我自願的，但那三年間的**經驗**畢竟還是深深銘記在心，加上夏凪體內那顆隱藏有最強ＤＮＡ與膽量的**心臟**，如果能搭配上齋川能看穿一切的**左眼**，我們一定有許多能互補之處。

「……你們要幫助我嗎？」

「是啊，我們要幫妳。所以齋川，也請妳幫助我們。」

真抱歉啊，不知不覺中連我也有性命之危了。

明明才十天前，我還沉浸在日常的溫吞安逸中，但自從邂逅了夏凪……應該說我跟前搭檔重逢後，事情就變成這樣了。

容易捲入麻煩的體質不但沒治癒，還隨著年紀逐漸惡化。

看來我又非得跟那些傢伙糾纏不清不可了。

為此，我需要比現在更多的人手與力量，所以——

「那麼齋川，我希望妳能成為我們的夥伴。」

就像這樣，夏凪跟我都採取了如此單純、樸素、笨拙、直覺、本能的說服行動，而齋川她──

「──好的，我很樂意。」

這時的她，表情一定不是什麼偶像齋川唯。

而只是一名十五歲的少女，所應有的天真無邪笑容。

◆因為你說過要去海邊

那場齋川的巨蛋演唱會結束後又過了一個多禮拜，學校也進入暑假期間。一下子降臨的這個長假，正是我實現跟夏凪她們那個約定的大好機會。總之我決定就去附近的海邊，但正當我這麼盤算的時候……

「那，我們出發前往愛琴海吧！」

「玩太大了吧！」

對這位興致勃勃且奮力高舉右手的少女，我不由分說地吐槽了一句。

「拜託啊，齋川。我跟夏凪的確說過要找妳一塊去海邊玩，但為什麼會變成長達八天的郵輪之旅咧，妳對去海邊的概念是不是跟平常人不太一樣。」

說到去海邊，一般人想到的應該都是伊豆或湘南一帶吧。那為什麼我們卻得選擇歐洲……地中海……

然而這位身著雪白連身裙、頭上戴著大草帽的少女——齋川唯，只是微微歪著腦袋。

「咦，當初不是君塚先生說要去的嗎？況且，當你嘴巴在碎碎唸的同時，郵輪都已經啟航了，不如乾脆放棄掙扎吧。」

……沒錯，正如齋川所言。

我們已經在大海、在搖晃的波濤上。我們三人正立於客艙的甲板，眺望著逐漸遠離的日本列島。

「就是說嘛就是說嘛，優柔寡斷的男人最討厭了。」

這回換夏凪摘下太陽眼鏡，以好鬥的視線瞪著我。

她穿著短褲，上半身則是鬆垮垮的T恤。肩頭露出的肩帶狀物體不知是屬於內衣或泳裝，這種打扮還挺有女人味的。

「不過，我也是第一次坐郵輪，真叫人期待呀。太感謝妳了，小唯。」

夏凪對齋川露出了從來沒對我顯現過的微笑。自從那起事件以後，這兩人的交情好像變得非常好。

「哪裡哪裡，這是我分內的事，呃，就算是一種補償吧。我能為你們做的也不過就只有這樣罷了。」

補償——當初讓我們遭受性命之危的一種贖罪方式。

當然，那種罪過不是「招待由齋川家經營的豪華郵輪之旅」就能被原諒的。這點齋川應該也明白才是，因此——

「跟我們一塊對『SPES』並肩作戰，妳能那麼做我就不會再抱怨什麼了。」

雙方做出如此的承諾。就這樣，我們締結了同盟關係。

大家都是被那些傢伙們索命的同伴。

「是的，當然沒問題。只要是我能做到的，我都盡力而為。」

齋川的漆黑眼眸睜得又圓又大。

此外，總覺得隱藏在眼罩底下的那顆藍寶石色眼珠也正筆直地凝視著我。

「哎呀，君塚先生是怎麼了，一直盯著我的眼睛不放……哈哈啊，我明白了。這次我終於可以確定，你總算變成唯喵的俘虜了。君塚先生也真是的……呼呼。」

齋川逕自交叉雙臂，用力點著頭。

看著這位只能以天真無邪來形容的單純少女，我忍不住——

「真是個可愛的傢伙。」

說出口了。

「呼呼……呼呼，呼……呼？」

這下子，原本正露出得意微笑的齋川冷不防僵住了。她之前上揚的嘴角開始出現劇烈抽搐，不知為何連臉頰也逐漸染上紅暈……

「……那、那個，拜、拜託，請不要這麼直接……」

「喂偶像，妳臉皮也太薄了吧。」

她調戲別人就沒問題，被別人調戲就一下也撐不住……雖然無關緊要，但看來被我發現了她不為人知的一面。

「Stop！」

結果，下一秒鐘，在我跟齋川之間就劈落一記氣勢驚人的手刀。

「好危險！搞什麼啊，夏凪。」

「……我嗅到了愛情喜劇的氣息。」

「什麼愛情喜劇啊。」

「比起那個！我要討論一件嚴肅的事！」

哼——夏凪用鼻子可愛地哼了一聲，又將雙臂交叉在胸前。

「那個叫『SPES』的組織，為什麼到現在才接近小唯呢？」

「啊，的確。那是為什麼呢？」

夏凪看向齋川，而齋川又再度看向我歪著腦袋。

「為什麼直到最近才找上門嗎?那還用問……」

這種事太簡單了——我本來想直接說出答案，但思路卻突然堵住了。

……對喔，仔細想想，那些傢伙這麼做也太奇妙了。

據說齋川得到「左眼」已經是七年前的事了。假使「SPES」真的是以破壞它為目的，就算比現在更早採取行動也不奇怪。那麼為何他們偏偏要挑選現在這個**時機**。

不，仔細想想疑點並不是只有齋川。

為何我到現在才被「SPES」盯上。

最近這一年，那些傢伙在希耶絲塔死後對我完全不感任何興趣。身為一介默默無聞的助手，根本不值得他們浪費時間——原本應該已經被下這種可悲判定的我，怎麼會在過了一年後的今天，再度成為那些傢伙的目標呢。

——不過，思索到此，我自行推導出一個結論。

「……啊。」

夏凪她，彷彿察覺到什麼般發出一聲輕輕的驚呼。

她可能也透過消去法想到了什麼吧。

所以，如果真是那樣。

「天曉得啊，那些腦袋有問題的傢伙，我才搞不懂咧——」

我露出淡淡一笑，試圖趕跑夏凪的不安。

「……是嗎？」

「就是那樣。」

畢竟這些頂多只是推論、假設罷了……肯定不是真相。

假設「ＳＰＥＳ」真正的目標，不是齋川也不是我，而是**移植了希耶絲塔心臟的夏凪**——之類的。隨後他們發現夏凪跟過去擔任助手的我展開接觸，產生了某種危機意識——會不會是這樣呢。

啊啊，不可能吧。那種事不應該發生的。

夏凪的人生不應該因為這樣的理由而被破壞。

「嗯，既然已經領悟到來者不善，就只能硬著頭皮應付了吧。」

因此，我也只好半開玩笑將這個場面蒙混過去。

實際上，不論理由為何，經過這次齋川的事件，我更肯定我們一定是被對方列在**追殺名單**上了。至於敵人之所以不願直接現身，恐怕是因為這回的行動還只是試探性質……只是就結果而言，已經演變成徹底的宣戰了。

被迫脫離溫吞安逸的日常，這一天終究還是降臨了。

「明明被壞人盯上了，我們現在卻還悠哉地搭郵輪旅行？」

似乎是接受了我那番勸解的話，夏凪刻意擺出搞笑的姿勢說道。

「話可不是這麼說的喔，夏凪。」

呃，不過搞不好這才是正確答案吧……畢竟三年前也跟現在很像。

三年前，我跟希耶絲塔也是像這樣飛離日本，踏上了令人眼花撩亂的流浪之旅。因此，這一定是那天的重現，是我既定的宿命。

「好吧，只要能平安無事就再好也不過了。」

我的自言自語，乘著海風被吹向遠方。

沒錯，我很清楚。我真的非常確定。

這麼多巧合重疊在一塊，到如今還希望能一切平安，天底下可沒有這麼盡如人願的事。

不久，我的預感便應驗了。

「——君塚？」

驀然有個聲音在呼喚我，我轉過頭。

出現在我眼前的是。

「夏露……？」

隨著海風搖曳的，是一頭與生俱來的金髮。

那張帶有歐美血統的明亮、端整臉龐，即便表情驚愕依然美麗異常。

「……一年不見了，是吧。」

「嗯……自從那天以來，應該。」

我們倆，以僵硬的表情對望著彼此。

「君塚，是你朋友嗎？」

對歪著腦袋的夏凪，我如此回答道。

「是啊，夏露是我……我們以前的**同伴**。」

她的全名，是夏洛特・有坂・安德森。

對如今已逝的希耶絲塔仰慕不已，可稱為是她徒弟的存在。

【a girl's monologue 2】

君塚賜給我的新人生是以「名偵探」的身分拉開序幕。

而且不是什麼普通的偵探。

是跟「人造人」戰鬥的偵探。

……然而，或許我內心深處還是感到相當不安也說不定。

這也很正常，過去只是無名小卒的我，不可能一下扛起這種重責大任。

如果沒有另一人來認同我這個新角色的話，我覺得我恐怕沒辦法以這個全新的自我走下去。

就像這樣，當我下定決心搖身變為全新的自己時，當晚——我作了個夢。

那是過去某位真正的名偵探，在全世界與敵人戰鬥的夢。

夢中的她……希耶絲塔小姐，跟我的性格恰好完全相反。

實際上的她是怎樣我也無法確定……不，光就君塚轉述的應該是八九不離十了吧？

總之，她很理性，而我則憑直覺行動。

站在完全相反立場的我們，在夢中先是大吵一架，接著還上演了大亂鬥，那真是令人不忍卒睹的一團混亂。

然而最後獲勝的是我（雖說也有可能是希耶絲塔小姐比較成熟，所以自行退讓了，但請不要追問真相，主要是為了我的名譽著想），最終希耶絲塔小姐表示要把君塚交給我照顧（不，我們可不是在爭奪君塚，詳情這裡就不再贅述了，主要是為了希耶絲塔小姐的名譽著想）。

呃，怎麼覺得我好像在開玩笑，那個夢對我而言可是有重大的意義呀。

這麼一來，我就成為一個名副其實的名偵探了。

終於不再是無名小卒。

——反過來說，之後就不能輕言失敗了。

討厭什麼也不是的自己。

再也不想回到那一無所有的日子了。

唯獨那種**幽暗**，我再也——

【1 years ago one day】

「大小姐！為何我得跟這樣的男人搭檔！」

在搖晃的小船上。

本來這個環境就夠令人不快了，那個尖銳的嗓門更是讓我的頭痛愈發惡化。

甲板上有三個人。

我、希耶絲塔，以及從剛才就像個小鬼般一個勁鬼叫的夏露。

雖說是為了達成某項目的，我們才會像這樣漂洋過海……但似乎很快就觸礁了。

「與其跟君塚當搭檔，我不如現在馬上跳海還開心一點！」

那傢伙的嘴真毒啊。不過幸好我也已經習慣了。

我從來沒見過這傢伙心情不錯的時候。

「這只是一時的戰略喔，夏露。」

另一方面，被稱為大小姐的那名少女——希耶絲塔，依然以一如往常的冷靜表情放話道。
「到目前為止，類似的作戰也執行過好幾次了吧？」
「話是沒錯，但我從來都沒心甘情願地接受過！」
「是這樣嗎？」
「對！」
「我以前都沒發現。」
海上波濤洶湧，希耶絲塔依然傾倒茶杯啜飲紅茶，這副模樣優雅到令人生厭的地步。
「在這個男人出現以前，明明都是我當大小姐的搭檔的。」
然後夏露惡狠狠地瞪著我。啊——好恐怖，嚇死人了。
「妳說妳是搭檔，但那也不過是偶爾分些工作給妳吧？」
「唔……」
我這麼吐槽，夏露好像頗為尷尬地垂下視線。
「但、但，即便如此，我依然……想當大小姐的得意門生……」
夏露對希耶絲塔抱持敬意，並以大小姐稱之。
夏洛特・有坂・安德森。
她擁有美日混血的血統，是跟我同年紀的少女。

　夏露自擔任軍人的雙親那接受了嚴格的教育，曾歷經各式各樣的組織洗禮，年紀輕輕就完成了好幾項軍事任務。其中之一便是與「ＳＰＥＳ」交戰，還多次在希耶絲塔的請託下加入小隊。

　她的頭銜應該是特勤人員兼特務兼軍人。

　不過她本人好像認為「**希耶絲塔的徒弟**」才是最貼切的。

「嗯，的確，夏露幫了我許多忙，每次都要感謝妳。」

「大小姐……！」

「來。」

　夏露就像隻幼犬般衝向希耶絲塔的膝邊，還在上頭摩挲。

　希耶絲塔則以手溫柔地梳整那頭金髮。

「呼呼。」

　夏露心滿意足地痴笑著，接著視線又逐漸轉向我這邊。

「……呼。」

「不，我才不羨慕咧。」

　幹麼一副得意洋洋的表情啊，蠢蛋。

「嗯，如果你們的關係能更和睦一點，我在許多方面就會比較好辦事了。」

　希耶絲塔又摸了一會兒夏露的腦袋，最後才發出彷彿在苦笑的說話聲。

「啊！對喔！」

突然，夏露從希耶絲塔的膝頭竄了起來。

「我還是無法接受，跟君塚兩人一起行動這件事！」

剛才被希耶絲塔摸頭的時候，她似乎完全忘了這點。

「夏露，妳不要再給希耶絲塔找麻煩了。時間所剩無幾啊。」

「……我可不想被你用暱稱來稱呼。」

現在還說這什麼話。

真是的，臉明明長得很成熟，心態卻像個小鬼一樣。

她有那麼討厭希耶絲塔被我搶走嗎？

不對，希耶絲塔也不算是我的吧。

「聽好囉，你們倆都不是完美的。」

為了收拾事態，希耶絲塔以曉諭的口吻說道。

「正因如此，你們才得互相彌補彼此不擅長的部分，有必要好好合作。」

「不擅長的部分嗎……我想不出有什麼特別不擅長的啊。」

「你啊，是笨蛋嗎？」

來了，希耶絲塔責備我時常出現的口頭禪。

「你不只沒辦法吃青豆，冬天的早晨比我還會賴床。吃藥粉時表情總是繃得很難看，看到有鴿子或烏鴉的地方就算繞遠路也不願通過。有這麼多例子你還敢說自己沒有不擅長之處嗎？」

「……我應該沒跟妳提過我不喜歡那些事才對吧。」

「就算你不說這種事我也知道。畢竟我們可是相處那麼久了。」

是這樣嗎？

也罷，姑且不管那些。眼前夏露正貌似不滿地鼓起臉頰。

「所以，是要討論任務分配的事嗎？」

「對。例如說你的頭腦比較靈活，但很遺憾體力連水蚤都不如。在戰鬥方面完全派不上用場。」

「……是喔。」

我有不好的預感於是窺看夏露那邊，果不其然她正盯著我發出「噗咯咯咯」的笑聲。這個混蛋。

「至於夏露的話。」

「是！」

「戰鬥技巧的確沒話講，但老實說腦袋非常差勁。」

「什麼!?」

「噗哈哈哈。」

「唔！君塚你竟敢笑我！你剛才是在嘲笑我對吧！混帳，看我現在就殺了你！」
「別做這種沒水準的爭執。」
「好痛！」
「呼耶！」
兩人的腦袋瓜分別被手刀劈中。可惡，明明不是我的錯啊。
「因此這次的作戰行動，希望你們能同心協力完成。」
這回的作戰，目標是——從遭「SPES」實質控制的某海域小島中救回被監禁的**同伴**。
此外，絕對不允許失敗。
「可是，這樣一來大小姐就得單獨一人行動……」
的確，夏露的擔憂很有道理。
一旦我跟夏露搭檔，希耶絲塔這邊就必然得單獨行動了。
然而，希耶絲塔她——
「你們這麼小看我我會很困擾的。我擁有夏露十倍的戰力，此外腦力還是助手的百倍。你們根本沒必要擔心我喔。」
不知為何，總覺得我這邊的評價好像低得太過分了，不過也沒關係。透過這次的作戰展示一下我的機智，讓希耶絲塔對我刮目相看吧。

就像這樣，可能是當時我腦中都在盤算這些無謂的計畫吧。

所以之後希耶絲塔那番話的真正用意，我並沒有深入思考。

「所以你們兩人，要好好相處——從今以後，一直這樣。」

然後在那天，名偵探就死了。

【第三章】

◆昨日之敵今日依然為敵

「真沒想到如今還能再見到你啊，君塚。」

在豪華郵輪的甲板上。

打斷我跟夏凪、齋川對話的人，是夏洛特·有坂·安德森——自從希耶絲塔亡故那天以來，我們久違了一年才重逢。

「是啊，我也嚇了一跳。妳最近還好嗎？」

「我可沒理由被你擔心我的身體健康啊。」

啊啊，是嗎？反過來說，她還是跟以前一樣沒變，倒是讓我安心不少。

沒錯，但正當我想要隨口開個玩笑回應對方時。

「……反而我要問你，你至今為止究竟在做些什麼？」

冷不防，夏露說話的聲調降了八度。

那雙大眼眸射出了銳利的目光。
「至今為止？」
「就是從大小姐去世以後。」
夏露咬著嘴脣。
她這種動作依然不減大美女的本色，但跟過去相比，總覺得表情變得稍微僵硬了。
「如果妳問我做了些什麼……我什麼也沒做啊。」
回顧這一年來所發生的事，我率直地這麼答道。
假使真要問我有什麼行動，那也是離現在最近的事了……就是從跟夏凪邂逅開始的吧。
「嗯，我就知道。」
結果這個答案好像不出夏露的意料，她用嘲諷般的口吻說道。
「抓抓飛車搶劫犯，幫忙尋找走失的貓狗，接受當地警察表揚……這樣你就覺得自己變英雄了嗎？」
啊啊，原來她都知道。關於我沉浸在日常的溫吞安逸中這點。
「君塚——你啊，難道都不打算繼承大小姐的事業嗎？」

……是嗎？夏露一直想問的原來是這個啊。為了弄清楚這件事，近一年來她始終不停追蹤我的動向。記不起來是什麼時候了，風靡小姐好像也對我說過類似的話。

然而，對此我的答覆是。

「那三年間，我只是一介助手。我所能做的，也只是**輔助工作**罷了。」

更何況我該輔助的對象已經不在了。

我的能力範圍內，什麼也辦不到。

「……沒錯。君塚你，是大小姐的助手。獨一無二的，助手。」

正因如此——

她語尾的低語聲，被海風吹向了遠方。

夏露的長睫毛，彷彿在思索什麼般緩緩低垂下來。

「所以呢？你如今出現在這還有什麼目的？」

終於，夏露又恢復平日那種強悍的表情對我質問道。

「我來這裡的目的，當然是搭郵輪旅行啊。」

「……是嗎？原來你一無所知啊。」

這時夏露好像很無奈地嘆了口氣。

「那麼，你是出於巧合才搭上這艘船的囉。」

「……這艘船發生什麼事了嗎？」

我的視線投向齋川，但她卻用力搖搖頭。看來她也是一點頭緒都沒有。

「是大小姐的遺志喔。」

「咦？」

「大小姐臨去之際留下了打倒『SPES』的遺志……而遺產則殘留於世界各地。此外，遺產之一就沉眠在這艘郵輪上。雖說花了不少時間解析，但情報是正確無誤的。」

只是情報分析小組跟我是隸屬不同的組織，夏露又補充道。

我印象中夏露並不擅長分析方面的工作。希耶絲塔過去也經常拿這點捉弄她，不過——

「希耶絲塔的遺產，就在這艘船上……」

夏露則是為了尋找遺產才搭上這艘船。

而今天，我也很巧地上了同一艘郵輪。

——巧合？真的嗎？

「不過，那些跟不打算繼承大小姐遺志的你已經毫無關聯了。你就永遠泡在溫吞安逸的生活中吧。」

抛下這番話後，夏露就打算離去。

「不，先等等，夏露……」

「我已經不是一年前的我了。」

不是那個無法拯救大小姐的我。

夏露這麼對我說……不，她一定是在跟過去的自己訣別吧。

「如果是她的遺志，就由我來繼承。」

那聲音彷彿能響徹到遠方的島嶼般，是那麼清晰通透。

夏凪踏出一步來到我前方，和夏露面對面對峙。

「妳是？」

「我叫夏凪渚——是名偵探唷。」

氣氛頓時緊繃起來。雙方的視線迸發出冷漠的火花。

「夏凪渚……？」

只見夏露以手托腮，輕聲喃喃說道。

「啊啊，原來是妳。」

夏露的視線對準了夏凪的心臟。在跟希耶絲塔相關的情報當中，這應該是最重要的事項才對。想必夏露她也已經查出了這點。

「如果要玩偵探遊戲，可不可以閃到其他地方去啊。別在我的視野之內，用大小姐賜予的性命來**扮家家酒**。」

夏露冷冰冰地抛下這番話，眼眸染上了焦躁之色。

「我才不是來玩遊戲的！」

夏凪手按在左胸口上反駁道。

「既然重獲新生，我的人生一定有其意義存在！那是希耶絲塔（她）所託付給我的意義！因此，我會找出那項遺產給妳看——以這顆心臟發誓！」

這番話就像夏凪過去曾對我堅定宣示過的一樣，既激烈、又帶著熾熱，或許該稱為宣戰更貼切。

夏露則好像被如此的夏凪所震懾般睜大雙眼。

「——是嗎？那隨便妳吧。」

不過，夏露很快便轉過身。

「妳根本不可能取代大小姐的職務。大小姐的遺志，會由我繼承。」

望著她逐漸遠去的背影。我們不知道還能再說些什麼。

「啊——她走掉了耶……」

大概是討厭氣氛變得如此沉重吧，齋川隨即開口道。

「呃，真抱歉，都是我招待兩位上這艘船，結果才發生這種……」

「不，這不是齋川的錯。」

我立刻予以否定。齋川難得的好意，可不能因為我們這邊的事而糟蹋掉。

「該怎麼說呢——對了，就只是許多不幸的偶然重疊在一起。」

我這麼表示，同時也是為了說服自己。

「夏凪，也對妳很過意不去啊。害妳捲入了奇怪的事件。」

「…………」

「……夏凪？」

仔細看才發現夏凪正緊握雙拳，肩膀不知為何發出顫抖……

「嗚〰〰〰〰！嘎〰〰〰〰〰〰〰〰〰〰〰〰〰〰！」

她迅速變得滿臉通紅，還用拳頭不停奮力敲打自己的雙膝附近。

「君塚先生，這是哪國部落的打招呼方式嗎？」

「不太清楚……我覺得最接近的應該是大猩猩吧……」

「大猩猩呀……是正式學名為 Gorilla gorilla gorilla 的那個大猩猩嗎……」

「是啊，就是那個大猩猩……血型全都是B型的那個大猩猩……」

「你們滿口大猩猩大猩猩的吵死了！」

那隻大猩猩……不對，我是說雙頰如蘋果般通紅的夏凪，正對著如今已不在此處的某人氣忿不平。

「啊～氣死人了！什麼叫扮家家酒呀！人家……人家可是下了多大的決心……！」

是啊，我很清楚。妳對這件事有多麼認真。

如果要說剛才那個場合有誰不對的話——那就是我了。

身為希耶絲塔唯一的助手，卻完全無法代行她的工作。

此外甚至連繼承她遺志的意願都沒有，那是我的罪過。

被夏露無情對待也是很正常的。真正該譴責的，不是夏凪而是我才對。

「我絕對要找出來——她的遺產。」

最後夏凪果然還是這麼說了，她自顧自瞇起雙眼。

而她的拳頭依舊用力緊握。

「妳會不會有點激動過頭了？」

「咦……？是這樣嗎……」

「去游泳池冷卻一下身體如何？等那之後再採取行動也不遲吧。妳說對不對，齋川？」

「……！是的！那裡還有滑水道喔！」

真不愧是齋川家名下的豪華郵輪。這麼一來，夏凪新買來的泳裝也剛好能派上用場了。

「君塚，你也要來嗎？」

「……啊——我嗎？」

稍微想了想，果然我還是。

「抱歉，我有一點事。」

是啊，沒錯。

真正需要冷靜下來的人，是我才對。

「……是嗎？」

夏凪不知為何有點沮喪地垂下肩膀，不過她並沒有深入追問，只是對齋川使了個眼色後兩人一起轉身。

「那麼待會見囉。」

「對了君塚先生，我會將渚小姐的肉體牢牢烙印在我的眼珠上唷！」

「……小唯，我們果然還是不要一起游泳了吧？」

◆這裡是地獄，夢之國

我跟前往泳池的夏凪、齋川分開，獨自站在甲板上思索了好一會。

時隔一年後又跟過去的對手重逢了。

這種久違的相遇，可以很單純地以偶然稱之。

不過，如今的我非常清楚，那種做法絕對是錯誤的。

從心臟的事之後，夏凪教會我——人的思念，以及人與人之間的相遇，千萬不能用偶然這種聽天由命、不負責任的話一語帶過。

應當要把這一連串的邂逅與重逢，全都當作有意義的才對。

正當我像這樣整理思緒時，腳步自動邁向了某個場所。

眼前我該做的事，是找那個必須溝通的對象好好談談。至於那號人物會待的地點……嗯，我們至少相處過一段時間應該不難猜才是。

接著我在廣闊的船艙內前進，打開一扇面積大了一圈的門——這時。

「哈哈，還真叫人懷念。」

首先映入眼簾的，是整齊並列的吃角子老虎。

房間更裡面還擺著玩輪盤跟百家樂的綠絨布桌子，各自由荷官負責賭具。

豪華絢爛，酒池肉林。

這裡是由人們慾望迴旋形成的夢之樂園——賭場。

在日本受法律禁止的賭場，一旦來到公海上，束縛也自然解除了。

……不，即便如此，這還是很叫人懷念。

拉斯維加斯、澳門、新加坡。幾年前，我跟希耶絲塔在世界各地旅行時也曾像這樣沉迷於賭博。用僅有的一點小錢大賺一票的那天，我還跟希耶絲塔奢華地享受了一番。

說是奢華其實也沒有什麼，就是兩人喝著平時喝不起的酒，然後醉得東倒西歪……不，還是別提那些事了。那一定是太過年輕，沒錯，一時的衝動罷了。

總之，過往的事姑且不談。

如今最要緊的是確認那傢伙是否真的在這裡……啊啊，果然如我預料，一下就找到了。

「嗚，怎麼會……這下子就只有我連輸十七把了……」

那傢伙在撲克桌旁沮喪地垂下頭，就連自豪的金髮也像漫畫人物般變得凌亂不堪。

「嗚嗚，這種牌絕對有問題啦。再一把……再來一把嘛。」

結果，她一點都沒有受到教訓的樣子又從錢包取出二十元紙鈔，打算跟荷官兌換籌碼。

「妳在搞什麼鬼啊白痴。」

真是的，看不下去了。對準那金色的腦袋我使出一記手刀。

她彷彿很驚訝地震了一下肩膀，最後才終於動作僵硬地回過頭。

「誰？是誰？」

「天底下哪有賭博賭到哭的笨蛋啊。」

坐在我眼前的，是雙眸噙滿淚水的夏露。

「嗚～～～君塚，我贏不了……」

「妳剛才找我吵架的威風氣勢上哪去了……」

呃，話說回來，夏露這位少女本來就是這種感覺吧。

只要是跟希耶絲塔相關的事她就很容易陷入忘我的境地，然而基本上還是會做出跟她年齡相應的……不，她只是外表顯得比較成熟，但相對地言行舉止的稚嫩反而更顯眼。如果不怕誤解直接講白了就是很廢，而借用希耶絲塔慣用的形容方式就是個大笨蛋。

……那些話可不是我說的喔，是希耶絲塔的評價對吧？

「妳為什麼跑來這裡玩撲克啊？」

「……畢竟，像大小姐的**遺產**這種東西，只要在賭場一直贏下去的話，該怎麼說，對了，就像獎品一樣會自動冒出來吧……」

「啊啊，妳果然還是跟以前一樣蠢。」

好吧，也託此之福，我一下子就能猜出她在船上會去的地點了。

「什麼叫跟以前一樣蠢啊！」

「就是指希耶絲塔對妳觀察入微的意思。」

「咦，大小姐她以前一直在觀察我嗎？……嘿嘿。」

嘿嘿妳個大頭鬼。一下子哭一下子生氣又一下子笑，這傢伙也太忙了吧，真受不了。

「讓我玩一下。」

「嗯？」

我代替夏露的位置，坐在年輕女荷官的對面。

「至少把妳輸掉的部分贏回來。」

「……那、那你要我用什麼條件交換呢？」

夏露環抱自己的身子往後縮。就是因為這樣妳才會被當作白痴啊。

「只要妳能稍微跟我聊聊就可以。」

「……聊聊？」

「嗯，待會兒再說。地點就在之前的甲板也可以。」

說完我把二十元紙鈔遞給荷官。

「看好囉，我從以前就滿擅長賭撲克的。」

就讓某位名偵探見識見識，我跟夏露有什麼不同吧。

◆所以我，無法當上偵探

「哎，輸光了。」

我站在甲板上，呆滯地遠眺大海，這時有個平時幾乎很難聽到的吐槽語調從膝蓋高度附近傳來。

聲音的主人，彷彿刻意背對我般倚靠在欄杆上。

「咦？你剛才還刻意耍帥結果竟然輸了？什麼『我從以前就滿擅長賭撲克的』，都說了這種經典臺詞，結果還是輸？」

抱膝而坐的夏露，以充滿諷刺的視線仰望我。

「吵死了。我也不知道為什麼，沒錯，本來以為沒問題的……」

直接說結果吧。

賭博以慘敗收場。

人類這個物種具有將過去美化的傾向。

仔細回想起來，不管是在賭場中大勝或是擅長賭撲克的人，都不是我而是希耶絲塔。也就是說，我當初頂多算沾了她的光而已……真是致命的陷阱啊。

「哎，你也太丟臉了吧。甚至賭得比我還凶，把身上所有錢都砸進去。真是個大笨蛋，簡直是遜斃了。」

「我已經很懊悔了，別再繼續揭瘡疤好嗎……」

唉，臉皮厚一點，等夏凪從泳池回來再跟她借錢吧。

啊，不對，這種時候正需要找齋川。像這種有錢的朋友是絕對少不了的。

「呼呼，哎，是說，對耶。剛才那樣搞不好還挺有趣的。」

難道你是在故意搞笑嗎？

夏露說完後，噗咯咯地刻意笑了起來。

這麼一想，才發現她的笑容也久違一年了。

我們倆有好一會，只是對著彼此靜靜地笑著。

「──所以說？你要跟我聊什麼？」

海風襲來。那是一道足以將這安穩氣氛改變的風。

「是關於希耶絲塔的事。」

我將手臂靠在船緣的欄杆上，邊遠眺海面邊答道。

「……關於這個話題之前就已經談完了吧。」

「只是妳單方面結束話題而已。溝通的基本應該像傳接球一樣。」

而至今為止，夏露的態度都像在打躲避球。

「身為大小姐的助手，卻不主動繼承大小姐遺志的傢伙，現在還跟我說這些做什麼。」

夏露的語調，再度變得冷若冰霜。

果然對夏露來說，這是無論如何都不能妥協的部分。已被希耶絲塔選定為助手的我，在希耶絲塔亡故後，卻沒有意願繼承其志業。假裝無視我真正應該挺身戰鬥的存在，沉浸在溫吞安逸的日常中。

而天底下最厭惡這種傢伙的，不是其他人正是我自己。

沒錯。因此，夏露也一定——

「真抱歉啊，這段日子讓妳操心了。」

對於過去曾為較勁對象的我，她始終投以關注。

「……請不要自作多情了。」

「妳還瀏覽那麼多關於我的新聞報導。」

「……只、只是湊巧翻到罷了。」

「還像這樣專程跑到我身邊找我。」

「……就說了那些只是巧合嘛！」

「好痛！」

坐著的夏露用拳頭毆打我膝蓋……我是不是玩笑開過頭了。

然而總之，夏露關切我是不爭的事實。

不該像那樣捉弄她的。

「不過，對了，看在你乖乖道歉的份上，我就給你一次機會吧。」

「機會？」

夏露起身，站在我身旁這麼說道。

「為什麼你就是不肯代替大小姐，成為一名偵探呢？」

發出祖母綠般光芒的那對眼眸，不允許我繼續逃避。

事到如今就算說謊，也無法繼續掩飾下去。

「……那傢伙——希耶絲塔，是這麼對我說的。」

我回憶起，四年前某天所發生的事。

在一萬公尺的高空上。

那架被蝙蝠挾持的班機中，希耶絲塔對我說——

『你——就當我的助手好了。』

沒錯，她曾這麼說過。

「所以我，無法當上偵探。不管是四年前，還是那傢伙已經去世的現在。就算是將來也一定依然如此。我永遠都是那傢伙——名偵探的助手，不會改變。」

我是無法成為那傢伙的。

不過，若是為了那傢伙繼續活下去，我還辦得到。

「……笨蛋啊。」

夏露彷彿有點寂寞地揚起嘴角。

「真正被過去所束縛的人，不是我而是你吧。」

是這樣嗎？或許吧。

現在我一定還是，對希耶絲塔——

「哎，算了。」

夏露一下子笑了出來，接著轉向前方凝望遙遠的海面。

「你就用你自己的做法，將大小姐的遺產……自己的答案找出來吧。」

至於我也有我自己的方式。

夏露這麼表示後，將嘴脣緊抿著。

我將差點衝出喉嚨的謝謝硬是吞回肚子裡，最後只說了聲抱歉。

「不過，關於遺產……」

我重新思考起希耶絲塔可能遺留在這艘船的遺產。

「既然夏露你們已經掌握到這項情報，搞不好敵人那邊也一樣……這種可能性妳沒思考過嗎？」

「你是指『SPES』？」

「是啊。」

論起情報戰，那些傢伙絕對不輸給任何人。尤其對「SPES」而言，希耶絲塔是最大的仇敵之一。只要查出希耶絲塔所播下的種子，那些傢伙肯定會……

「這種可能性的確存在。但至少，我這邊也不是沒考慮過對應之道……」

「……妳、妳考慮過了？夏露，妳竟然……？」

「……你這傢伙，不論怎樣都很想跟我**吵一架**就是了？」

夏露語畢，亮出腰際的槍套。

最近我所遇到的少女們，個個都隨身攜帶手槍是怎麼回事啊。

「我不是說過了嗎？我已經不是一年前的我了。」

她如此趾高氣揚的模樣，倒是跟一年前沒什麼不同。

「啊，突然想到一件事，君塚，從今天開始你的客艙必須借我使用。」

「嘎？為什麼，既然妳上了郵輪應該會有自己的房間吧？」

「我才沒有那種東西。」

夏露嚴肅地微微歪著腦袋。

「畢竟，我是違法登船的。」

「違法登船，妳開什麼玩笑啊！」

話說回來，這傢伙好像很擅長祕密潛入……不對，妳給我乖乖買船票啊，別拿去賭博了。

「總而言之，把房間的鑰匙給我。」

「真不講理。是說，妳究竟是怎麼溜上這艘船的。難道是用了光學迷彩嗎？」

「呼呼，這可是商業機密。」

夏露不知為何自豪地挺起胸膛。感覺上衣都快被撐裂了，希望她還是別做這種動作。

「不過，光學迷彩嗎……」

這時夏露以手托腮，不知在低聲咕噥什麼。儘管她的長相顯得成熟，做出這種思考的表情還滿像樣的，但從以前開始，每當她露出這種臉色時都是在想著「今天晚餐要吃什麼……」之類的事，幾乎完全沒有任何參考價值。

「喂君塚。」

這時夏露猛然抬起臉龐，對我問了一個問題。

「有什麼方法可以從海上離開這艘船？」

◆午夜前的灰姑娘

跟留下謎樣質問的夏露分開後，我和稍後從泳池返回的夏凪、齋川重新會合。

接著三人為了尋找「希耶絲塔的遺產」而在廣闊的郵輪內四處搜索……但話說回來，那項遺產具體而言究竟是指什麼，我們一點頭緒都沒有，搜索行動理所當然觸礁了。找著找著不知不覺太陽西沉，只好先去餐廳吃個晚飯。然而齋川身為這艘郵輪的主人還得忙著四處招呼，最後只剩我跟夏凪兩個一塊吃。

「不知為何總覺得怪怪的。」

在船上某間法式料理的餐桌邊。

夏凪以刀叉切開奶油香煎鮭魚並這麼說道。

「哪裡怪？」

「像這樣獨自跟君塚面對面享用美食呀。」

「妳不喜歡這樣？」

「我可沒那麼說唷。」

她翻白眼的表情不知為何也挺可愛的。

如果個性也能更可愛一點就好了。

「所以妳的意思是，跟我單獨共進晚餐，簡直就像在約會一樣，感覺格外不同是這樣嗎？」

「……身無分文的立場竟然還敢說出這樣的臺詞。」

「……關於這點我無從辯駁。」

要不是齋川的好意，我根本付不出這裡的餐費，最後恐怕得一輩子留在這艘船上打工了。賭博真可怕啊。

說起賭博，或許該跟夏凪稍微解釋一下我先前跟夏露聊過的結果。雖說今天早上這兩人才你來我往地吵過一架，但還是該告訴夏凪，夏露那傢伙真的不是什麼壞人才是。

「夏凪，妳等下有時間嗎？」

「咦？沒什麼特別的安排，就是洗澡睡覺而已。」

「是嗎？那麼我有點話想跟妳說一下。」

「有話？既然想說，那在這裡也可以……」

「啊——在這裡可能有點不太方便。」

除了是「SPES」相關的話題，也會牽扯到敏感的內容。如果可以，還是想找個沒有閒雜人等出沒的場所。

「我記得對面好像有間酒吧？方便一小時後在那裡碰面嗎？」

「咦，呃……我，一個人？跟君塚，二人獨處？」

※咀嚼
もぐ
もぐ

「是啊，就是那樣。」

老實說對齋川也有些事要說明一下，但她現在身為船主好像很忙，只好等之後再說了。

「是、是嗎？兩個人獨處，在酒吧，說一些……不想被他人聽到的話題……」

不知為何，夏凪有點欲言又止。而她低垂的臉龐，也莫名其妙染上紅暈。

「好、好吧……嗯，那麼，一小時後見了。」

這麼說定後，她用叉子使勁戳進剩餘的奶油香煎鮭魚，一口氣塞進嘴裡，接著就起身離席加緊腳步跑掉了。這究竟是怎麼回事……

「主菜都還沒上耶。」

老實說我想找夏露來吃，不過她現在應該在我的房間睡死了吧。總不會真的從這艘船上逃掉了。

「是說如果跟她單獨用晚餐，也沒什麼話題好聊啊。」

我花了一小時將兩人份的全套料理吃完，之後就前往剛才約好的酒吧了。

「……久等了。」

在座位上等了一會，沒多久就到了約定的時間，夏凪恰好準時抵達。為了避人耳目，我刻意選擇遠離吧檯的內側包廂，雙方面對面而坐。

……話說回來。

「妳還特地去換衣服？」

「咦？啊，不，只是恰巧而已唷。就是洗完澡後，能換的衣服就只剩這套之類的。」

夏凪此刻的裝扮，跟白天時的輕鬆愜意大不相同。

一襲低胸的連身洋裝，再披上輕薄的披肩。

雖說的確很搭這間店的氣氛……但她這時化的妝比平常還濃，甚至還散發出香水的氣息。就是為了做這些準備，她剛才才會慌忙衝回房間吧。

「唉，好吧反正我沒意見。」

「什麼叫你沒意見……」

夏凪好像很不滿地嘟起嘴。難道我說錯什麼了嗎？

「……所以？那個，你想談的內容……」

「對喔，差點忘了。不過，我們邊喝邊聊吧。」

剛好在這時，我趁夏凪抵達前幫她點的飲料送來了。

「酒？」

「灰姑娘。」

「是說我嗎？」

「是酒啦。」

這杯是叫灰姑娘的無酒精雞尾酒。

至於我這杯則是莎莉譚寶（Shirley Temple），同樣是代表性的無酒精飲料。

關於喝醉酒造成的失敗我可是受夠了。

「那麼，請妳聽我說一下。」

乾杯過後，我開始說明當初與夏露的認識經過以及她是個怎麼樣的人。

「……跟我預期的話題不一樣。」

大致說完一遍後，夏凪不知為何露出莫名失落的反應。

「……不，反正鐵定不是我想的那樣……頂多就是受了這顆心臟原本主人的影響……」

「妳在低聲咕噥些什麼啊？」

「唔！……嘎？你說啥？」

夏凪的臉色突然變得非常不悅。

「嗯？幹麼突然生氣啊。」

「我沒有生氣。」

「不對，妳一定是生氣了。」

「我不是說了我沒有生氣嗎！」

緊接著她的高跟鞋尖端就飛向我的小腿。

「加倍殺死你！」

「真不講理啊！」

——言歸正傳。

「不過，是喔，她並沒有我以為的那麼差勁。」

夏凪邊啜飲雞尾酒邊說道。

「她始終在思念希耶絲塔小姐，至今腦子裡也全是那些事。可以說是單純到令人感覺刺眼的程度。」

「是啊，就是個純粹的笨蛋嘛。為此她有時會出現一些離譜的言行舉止，不過這或許也算是她的優點吧。」

然而就算撕裂嘴我也不敢對夏露本人直言就是了。

「是呀……嗯，說真的我早就看出來了。」

「看出夏露並不是壞人？」

「也包括那個……另外其實有錯的是我。」

夏凪似乎很困窘地繼續笑道。

「她所直指的，正是我內心的想法。」

夏凪應該是指今天早上她們倆的爭吵吧。夏露批評夏凪「少玩什麼偵探遊戲了」。而夏凪如今也坦然承認了這點。

「我不像夏露小姐那樣，在希耶絲塔小姐身邊待了很久，此外我也沒什麼特別自豪的長處或武器。我只是獲得了這顆心臟……並且有意願繼承希耶絲塔小姐的遺志罷了。」

她所說的，我全都明白。

自嘲的低語聲，在靜謐的酒吧空間裡迴盪。

沒錯，正如她所坦承的一樣——夏凪跟希耶絲塔，是不同的兩個人。

雙方長相跟髮色不一樣什麼的自是理所當然。

除此之外，她們的說話方式、性格、信念，甚至是第一人稱都不同。

夏凪絕對不可能變成模仿希耶絲塔的陶瓷洋娃娃。然而——

「夏凪，妳為什麼想繼承希耶絲塔的志業呢？」

那天。我查出夏凪體內移植的心臟，原本是屬於希耶絲塔的那天。

夏凪下定決心要讓自己成為名偵探。儘管我對她強調「不要當任何人的替代品」，但她還是選擇了這條道路。

只是我對她真正的想法，至今還沒有確實詳問過。我擅自認定，應該要對她不想說出口的內容保持敬意，所以到今天還是假裝無視這件事。然而，現在也差不多到了該正視這點的時候了。不論是我，還是夏凪。

「我從小的時候，身體就一直很不好。」

夏凪彷彿在回想遙遠的過往般瞇上眼睛。

「周遭的每個同伴都在上學時，就只有我躺在床上。我唯一的朋友，是幾本圖畫故事書和小熊布偶。對於在電視上又唱又跳的偶像少女簡直是羨慕得不得了。」

白色的病房，藥水的氣味，纖細的手臂刺著點滴的針頭。這些影像都烙印在幼小少女的腦海中。

「我覺得自己永遠無法離開那個房間。不能去上學，也不能去運動。而且，我一定無法擁有任何將來。」

夏凪對此感到極度恐懼。

這麼描述的同時，夏凪的側面掛著一張像是在哭泣的笑臉。

「隨著時間流逝，我終於衝出了鳥籠。獲得新生後，我應該要展翅高飛才是，然而……我已經不懂飛行的方法了。」

「飛行的方法？」

「嗯，飛行的方法……或者該說活下去的方法。因此，我很想要一根**主軸**。」

支撐自己活下去的主軸。

夏凪口中的這番話，恐怕就是她想表達的一切本質吧。

「無名小卒的我，急著想讓自己變成某個人。因此我才拜託這顆心臟……將她的生活方式，變成我自己的生活方式，這是我的打算。」

這就是，夏凪隱藏在內心深處的真實想法。

因此，她才聽從這顆心臟的召喚。

去尋找心臟想要重逢的人物X……也就是我，接著，繼承名偵探的地位。

當初遇到齋川事件時我一開始打算婉拒委託，但夏凪卻因為某種理由而答應下來。那種不自然的積極態度，如今我終於理解是為什麼了。

夏凪必定是，將名偵探……或說希耶絲塔做為自己人生的主軸，唯有這樣她才能好好活下去。

而關於這部分，我也是一樣。

「所以，正如夏露小姐所說的，我一直是在玩扮演偵探的遊戲而已。我很清楚，這只不過是在扮家家酒。」

「夏凪……」

我想要出聲說點什麼，但卻無法順利地化為言語。

畢竟我跟她一樣。

我跟夏凪一樣抱持著某種心結，對將來該怎麼做感到迷惘。所以此時此刻，我手中也沒有任何可以幫上她忙的解答。

「抱歉，我先回去休息了。」

夏凪如此告知道，將剩餘的雞尾酒一口飲盡後便站起身。

「夏凪，我……」

「晚安，明天見囉。」

揮著手的夏凪表情一如往常，但正因如此，才讓人覺得她在暗示剛才的話題已經結束了。

「好吧，明天見。」

對夏凪逐漸遠去的嬌小背影，我只能在原地目送而已。

「明天見，是嗎？」

沒錯，事情還沒有到蓋棺論定的時候。

好好整理自己的思緒，下次再找個機會跟她談吧。

總之，今晚就先回房……等等，這麼說來我的客艙已經被夏露占據了。假使我溜回去跟她睡在同一張床上，明天早上我的小命就不保了。

真沒辦法，我只好拿出手機。

「啊——喂喂，是齋川嗎？」

『是的，我就是……這麼晚了有什麼要緊事嗎？』

「妳現在在房間裡嗎？真抱歉，今晚我想睡妳那邊。」

還可以順便跟她提夏露以及剛才跟夏凪談話的結果。

『……我會換上可愛的內衣等你唷。』

「妳白痴啊。」

◆最糟的事態，發生了

翌日早晨，我被房間外的喧鬧聲吵醒。

「唔，嗯……怎麼了……？」

「嗚嗚～外頭好吵唷……君塚先生……」

「……嗯，喂齋川！別黏著我啊……」

我解開抱著我臂膀的齋川，並緩緩從床上爬起身。

「到底是在吵什麼……」

僵硬的全身關節發出啪嘰啪嘰的聲響，我來到了房間外。

「剛才的廣播是怎麼回事！那是誰的聲音！」

「不知道，廣播室並沒有被外力侵入的痕跡啊……」

郵輪船員似乎很慌張地跑來跑去。

「君塚先生～……？」

「喂齋川，妳趕快給我清醒過來。情況好像有點不對勁。」

齋川一邊揉著惺忪的睡眼一邊走過來，我催促她去洗臉，就在這時——

『各位船上的乘客，請注意。』

這則廣播在船內的走廊裡響徹，說話聲彷彿是用合成般讓人感覺很不舒服。

『有位女孩，正在休息室內，接受看管。』

是小孩走失的廣播嗎？照正常想法應該是這樣。

然而，光從剛才船員們的反應判斷，這並不是船上工作人員的廣播。

這也就是說——

『那位女孩，名叫——夏凪，渚。』

「……！」

我跟齋川對看了一眼。原先那種討厭的預感，此刻變成確信蔓延全身。

『對這個名字，有印象的乘客，請盡快，前往五樓的休息室。』

「齋川……這個，應該就是那種情況吧？」

「……嗯，我也覺得，**最糟的事態**發生了。」

有個女孩正在那邊接受看管。

假使不是為了保護走失的孩子，那可能性就只剩下一個。

那個女孩——夏凪渚，被某人綁架了。

明天見——昨夜夏凪臨別之際的這句話，彷彿在我耳邊不停重播著。

我跟齋川首先趕往夏凪的房間，確認裡頭果然已經空無一人，然後我們才跑向廣播所提到的第五層甲板休息室。

一抵達入口，就發現這裡已經被郵輪的警衛封鎖了，他們好像早就搜查過裡面。

「夏凪小姐呢？」

齋川向警衛問道。她是這艘船的船主，有權利知道所有資訊。

「呃，在廣播發出後，船員們立刻趕過來但卻沒有發現她……」

警衛用彷彿在看外人的眼神迅速瞥了我一眼，齋川則輕輕點了點頭表示讓我知道沒關係。

「……那麼我就繼續。此外，疑似**犯人**的人物，如今也沒有找到。」

「是這樣，嗎……」

齋川露出沉思的表情低下頭。

……可惡，這到底是怎麼回事。

儘管聽從廣播的指示來到這，但不要說犯人了，就連夏凪的影子都找不到。

「總之，先列出旅客名單。然後檢查所有房間，核對每個人的長相跟姓名。」

「明白了。」

齋川對警衛下達指示，要求他們尋找破案的線索。

沒錯，這可是在郵輪裡，大海上。即便有犯人混在裡面，也不可能有辦法逃走。而夏凪她，也一定還在這艘船上。

……嗯？從這艘船，逃離的辦法……？

「喂，齋川。」

我趁警衛離開崗位的時機向齋川問道。

「有什麼方法可以在半途離開這艘郵輪？」

當然是排除了那些本來就預定要靠岸的航程。

「哎呀？昨天夏露小姐也問了我同樣的問題呢？」

「昨天？所以我晚上去妳那裡之前，妳跟夏露談過了？」

「嗯，大約傍晚的時候，夏露小姐來過我房間。」

什麼，竟然趁我不注意……

「然後？妳告訴她中途下船的方法了嗎？」

「是呀，應該吧。我告訴她這艘郵輪設有救生用的小艇。」

是嗎？不過這種設備也是理所當然的。既然如此，那夏露真的中途離船了嗎？

所以，難不成，她帶著夏凪一起？

不，那樣太鑽牛角尖了。首先，夏露並沒有擄走夏凪逃離這艘郵輪的動機。

「……是說齋川，妳為什麼要幫夏露的忙？」

提到動機，我完全看不出齋川幫助夏露的理由何在……

「呼呼，君塚先生，你知道嗎？我這顆眼珠的力量，並不單純只是透視物體而已唷。」

齋川用指尖點了點左眼的眼罩說道。乍聽之下，那番話和本次的事件似乎毫無關聯……但她總不會突然岔題閒聊吧。

「舉例來說，某個人是在說謊，還是在說真話，就連這種事都能用我的左眼識破唷。」

「是否在說真話……？」

「是的。而昨晚，夏露小姐來我這裡的時候，並沒有說任何謊。她表示，自己是為了某個目的，所以現在非得急著下船不可。」

那種口吻，很像是夏露會說的話。

『至於我，也有我自己的方式。』

夏露應該是基於某種盤算，才會比我搶先一步展開行動吧。

「所以我才稍微幫了她一點忙……總不能放著遭遇困擾的女生不管吧。」

……這種說法，搞不好只是齋川便宜行事的藉口。畢竟就算是那藍寶石義眼，也不可能具備讀取他人內心的能力吧。

然而，這回齋川又做了一件自以為是的**工作**。

「……不過，這件事為什麼對我保密？我不介意妳幫夏露的忙，但稍微對我說一聲不是更好嗎？」

昨天我的房間被夏露占領時，我可是在妳的房間裡過夜啊。

「咦，如果我不保密的話，君塚先生就不會來住我的客艙了呀？」

「這才是妳的目的!?」

不，妳一定另有目的吧……

「呼呼，開玩笑的啦——有沒有心動一下？」

接著，她刻意眨了眨右眼。

……真是的，我跟妳不一樣並不具備識破謊言的能力啊，拜託饒了我吧。

但也託此之福，原本緊繃的氣氛不知不覺緩和下來。

就連滲出的冷汗，與眉間深鎖的皺紋，等回過神才發現都消失了。

或許，這也是偶像齋川唯才能辦到的特技之一也說不定。

「齋川小姐！」

這時，有個警衛從休息室朝這邊跑過來。

「在休息室的吧檯座位上，發現了這樣東西。」

他手上拿著一本書。書名是——

「——《The Memoirs of Sherlock Holmes》。」

齋川喃喃唸著。

我知道這本書。是亞瑟．柯南．道爾所著，描寫夏洛克．福爾摩斯活躍事蹟的短篇集。

我從警衛那接過這本書，快速翻動書頁……這時，忽然有一張書籤落下。那張書籤原先所在的頁面是「格洛里亞．史考特號事件」，這則短篇所描寫的是福爾摩斯成為偵探的契機。

此外，「格洛里亞．史考特號事件」的內容也是在述說某艘船沉沒的故事，而夾在頁面裡的書籤寫著如下的訊息。

「晚上八時，帶著名偵探的遺產，前往，主甲板。」

◆三十億祕寶的使用方式

「這裡也沒有嗎……」

「是呀，去下一個地方找吧。」

我和齋川有點失落地垂下肩膀，離開已經調查過的高級餐廳，接著前往下一座設施。

如今，我們正在船上四處徘徊，試圖尋找希耶絲塔的遺產……才怪，是在直接搜尋夏凪本人。

「可惡，這條捷徑走不通嗎……？」

「我也使用了『左眼』，應該不會有漏掉的地方才是……」

「……這麼說的確沒錯。」

我緊握拳頭以指甲刺入掌心，如果疼痛能刺激我的腦力那就再好不過了。

那張書籤上所寫的訊息，指出犯人的要求為「如果想救夏凪的命，就把希耶絲塔的遺產交出來」。

但，我們卻不知道那關鍵的希耶絲塔遺產是什麼。昨天，夏露只是提到可能有這樣的事物存在，不過具體而言究竟為何，我們卻一無所知。而且關於這個答案不只是夏露……恐怕就連本案的犯人，都尚未搞清楚真相。也正因如此，對方才要以夏凪當人質，強迫我們去找出那樣東西。

……不過，以至今為止的情況，至少還能確定一件事。

「我想這次的犯人，應該是『SPES』不會錯吧？」

「以名偵探的遺產為目標這點，情況證據可說是十分充足了。」

昨天，跟夏露單獨談話時，也提及了「SPES」鎖定希耶絲塔遺產的可能性，而等到這起綁架事件發生後也化為確信了。

「ＳＰＥＳ」畏懼希耶絲塔播撒在這艘船上的種子，為了剷除它而潛伏在郵輪上。然而最關鍵的目標卻始終找不到，惱羞成怒的敵人，盯上了同樣搭乘這艘船的我們這些相關者，試圖從我們這邊打出突破口。

「然而很遺憾，我們對此也毫無頭緒啊……」

於是，我們便將作戰計畫從尋找希耶絲塔的遺產，切換為搜尋夏凪。把郵輪上的所有設施都繞過一遍……此外，對於沒法擅自踏入的其餘旅客房間，則透過齋川的「左眼」，仔細掃描夏凪是否在裡面。

「接下來輪到這了。」

我們接著抵達的場所，是一座大型劇場。

晚上這裡似乎會舉辦音樂劇公演，而白天這個時段則在彩排。本來這個時間應該是禁止外人進入的，幸好齋川的權限不受這種限制。

「怎麼樣，有看到什麼嗎？」

齋川在劇院最後排的座位環顧四周一圈。她的「左眼」就算隔著眼罩，或是被地板、一扇門擋著，也能看穿後方的各種事物。不論犯人把夏凪藏在這劇場的任何一處，齋川都能一下就找出來才對。

然而，搜尋的結果——

「沒辦法，這裡也找不到夏凪小姐。」

動。

「……是嗎？」

既然齋川都這麼說，那就沒辦法了。

不過還有許多尚未調查的房間。在發生無法挽救的結果以前，我們必須加緊行動。

「齋川，去下個地方吧，快沒時間了。」

「……那個，君塚先生，可以稍微冷靜一下嗎？」

「這種狀態哪還能慢吞吞地浪費時間，如果不趕快找到夏凪……」

「君塚先生！」

正準備轉身離開時，我的右臂被齋川揪住。

「……君塚先生，你的表情好恐怖。」

齋川望著我。

我第一次見識到她還有這種溫柔的苦笑表情。

「……我從以前就一直是這種臉啊。」

「騙人。真正的君塚先生表情是很溫柔的。」

對人家撒謊是行不通的。

齋川這麼說道並放開手。

「況且，很抱歉，我這顆『左眼』……老實說，使用起來會耗費相當大的體力。」

「……原來是這樣啊。真抱歉。」

我完全沒考慮到這點。這麼說來，剛才我恐怕一直在勉強她。為了讓焦躁的情緒能平緩下來，我閉上眼揉揉自己的眉心。

「不要緊的，請冷靜下來──握住拳頭，轉動肩膀關節。呼吸要保持節奏。先閉上眼，深呼吸一口氣，然後慢慢吐出。感覺血液循環。睜開眼，原本混濁的視野就會變得清楚多了。」

「這是什麼？」

「在演唱會前，讓緊張到快撕裂的心臟冷靜下來的方法，類似符咒的東西。」

要不要先坐一下──我接受了齋川的這個提議，坐在沒有觀眾的劇場座位上。前方的舞臺，正在進行劇目《歌劇魅影》的彩排。

「抱歉，給妳添麻煩了。」

真丟臉啊，我如此咕噥道。對這位年紀比我小的少女，我暗地裡垂頭喪氣。

「丟臉？君塚先生你嗎？」

「是啊，我說得沒錯吧？一聽說夏凪失蹤，我就變得驚慌失措……而且還不顧妳的身體，過度驅使妳的能力。」

假使希耶絲塔還活著，不知道她會多麼生我的氣。助手失職──她可能會立刻宣布把我解聘吧。我完全沒有臉見她。

「呼呼，你說的話真有趣呀。君塚先生。」

「……我並不具備在這種狀況下還能開玩笑的膽識。」

結果齋川好像打從心底覺得有趣似的，抖動著嬌小的身軀笑著。

「君塚先生也真是的，當自己沒法照他人的期待行動時，就會因責任感而懷抱內疚之類的情緒，應該是這樣沒錯吧——」

說到這裡暫時打住，齋川用力吸了口氣。

「——但真要說起來，我打從一開始就沒有對君塚先生抱持太大期待唷！」

怎麼樣——齋川一臉得意的表情用食指對準我。

「……難不成，我剛才是被狠狠看扁了嗎？」

奇怪啊？我還以為自己跟齋川已經締結了某種程度的信賴關係？

「真是的～不是那個意思啦。」

然而齋川只是表示「就是因為這樣，君塚先生才完全沒搞清楚狀況」，還攤開雙手用力搖著頭。她果然是把我當傻瓜吧？

「聽好囉，我這裡說的『一開始就不抱期待』其實是『正面意義』的。」

「妳以為只要加個『正面意義』就能夠蒙混過去嗎？」

「先別管那個了。」

喂，別逃避啊妳這個女子中學生。

「其實我也是一樣的。」

「……一樣？」

這個詞彙，讓我回憶起昨天跟夏凪的對話。

「我也跟君塚先生一樣，是獨自一人無法活下去的人。」

獨自一人無法活下去——聽到這番話，我似乎能感同身受。

「對我來說那指的是父母，而對君塚先生來說，那就是希耶絲塔小姐了……我們各自都有不可或缺的存在。」

但，我們如今都失去那些而變得殘缺不全。

「失去人生指標的我，被過去的約定所禁錮……結果，就是差點做出了無法彌補的事。」

過去的約定，無法彌補的事。

然而那些並非事不關己。如果反過來是我處於她的立場，我不敢保證自己不會做出類似的行動。而希耶絲塔的存在，對我來說也是一樣的——

「結果對那樣的我伸出援手的，竟然是明明跟我**相同處境**的君塚先生……或者該說是渚小姐。」

「是嗎？所以妳才……」

「沒錯。跟我一樣**殘缺**的君塚先生和渚小姐努力拯救我。你們處於相同的立場上，還是鼓勵我繼續往前走。因此，我才會毫不猶豫地抓住你們的手。」

在演唱會襲擊事件後的後臺休息室內，齋川手裡所抓著的事物，從手槍換成我們的手，而這就是她當初內心的想法。我愈發覺得，我真是個什麼都不懂的……一個殘缺不全、讓對方失望的人。

看來面對齋川的左眼，我逞強的偽裝一點作用都沒有。

「因此，這麼說儘管有些抱歉，但我不會對君塚先生抱持不必要的多餘期待。此外君塚先生也一樣，不需要對我抱持不必要的多餘關照——畢竟，我們不就是這樣的**同伴**嗎？」

齋川無聲無息地，取下左眼的眼罩。

那是一顆完全碧藍——絲毫不含任何盤算、同情、欺瞞之色，只是無比深邃通透的湛藍眼眸。

「啊啊，那很好。就那麼做吧。」

我在心底對兩年前的希耶絲塔送出讚美。

妳當初所看上的日本偶像，如今正為了守護妳的遺志而並肩站在我們身邊喔。

「是說，既然君塚先生身為名偵探的助手，那我或許可以當個助手的助手囉。」

「名偵探助手的助手？」

「嗯，就是那樣。感覺好像俄羅斯娃娃的構造。」

齋川噗嗤一笑並這麼說道。

「雖然不知道自己是否能勝任君塚先生的左右手，不過要當個左眼應該不成問題。」

啊啊，那已經很管用了。

即便是在沒有照明的隧道中，只要有她的陪伴就能毫不遲疑地繼續前進吧，我心想。

之後我們再度展開船內的搜索，沒多久就將所有房間清查完畢了。

「……還是沒找到呢。」

不知不覺太陽西沉，距離犯人給的期限只剩下一點時間了。

結果到目前為止，一點成果都沒有。

「不過這麼說的話……君塚先生。」

「沒錯。」

毫無任何成果也是算是一種成果。

從這裡可以導出一個答案。

之後也不需要什麼推理或談判了。

「開啟全面戰爭吧，混帳傢伙。」

◆希望中的光芒

晚上八點，迎來約定的期限，我來到甲板上，視野全被漆黑的天空與黝黑的大海所占據。如今這個地方，除了我以外空無一人……**至少就我看來是這樣**。

然而，時間與地點都是對方所指定的，那傢伙一定會赴約。

不，搞不好，對方早就來了。

我在幽暗中定睛凝視。

不知道對方會潛伏在哪裡。就算靠齋川的眼睛也無法發現那傢伙的位置吧。

那是因為，敵人就是**具備這種能力**的對手。

好比說我跟夏露談話中提到的詞彙——光學迷彩。用那個，就算是齋川的左眼也無法識破。假使真是如此，敵人就是所謂具備能從人類視野中消失技術的對手。

而我在那三年之中，**已經跟那種傢伙遭遇過了**。

「別再玩這種兜圈子的無聊把戲了，快現身吧——『變色龍』。」

我瞪著看不見的敵人。

快把夏凪渚還給我。

「哈哈，這種打招呼方式也太無情了吧。」

突然，從空無一物的地方冒出了說話聲。

「在這裡花了那麼多時間等人的明明是我啊。真是的，你這傢伙還是跟以前一樣沒有禮貌。」

在甲板的最末端，那傢伙以黝黑的大海為背景顯現出來。

空間像是在瞬間出現了扭曲歪斜，最後終於有個人體的剪影浮現出來。

照明所打亮之處，有個銀髮但具東方人臉孔的纖瘦男子。此外，那名男子的嘴部也跟蝙蝠一樣，伸出了觸手般的「舌頭」。

這傢伙，就是綁架夏凪的犯人——變色龍。

長舌，以及能跟周圍景色同化的隱形能力，跟他的綽號可說是再相襯不過了。

我在那三年之中，曾經跟這傢伙對峙過。

當時，他跟剛才一樣將自己完全隱藏起來，只透過聲音暗示自身的存在——今天親眼目睹這傢伙的長相還是我頭一遭。

「久違的重逢本來還想開你兩、三個玩笑的……但我在這裡等得太久了，還是早點切入正題吧。」

變色龍語畢，在他捲成漩渦狀的舌中，有個人影朦朧地浮現出來。

「夏凪！」

我正打算衝過去，但如觸手般的舌頭卻捲繞夏凪高高舉起。

「哎呀，可以請你待在原地別動嗎？」

「咕……」

那條全部伸出去幾乎可達十公尺的噁心舌頭，把夏凪的身體送到船外，懸在海面上。

「唔……」

大概是意識還很朦朧吧，夏凪閉上眼似乎很痛苦地發出呻吟。

「等我一下，我馬上救妳。」

我將手伸向腰際的槍套。

「哈哈，你就不能稍微冷靜一下嗎？」

「閉嘴，快把你那骯髒的玩意縮回嘴裡。忘記縮回舌頭也很可愛的就只有黃金獵犬而已。」

竟然可以一邊伸出舌頭一邊流暢地講話。

我不耐地拔出手槍，解除保險栓。

「喔呵，你比以前威風多了啊？過去你不過是那個名偵探的影子罷了。」

「又打算回憶從前了嗎？剛才是誰說要早點切入正題的？」

……不過，為了讓自己沸騰的腦袋冷卻下來，我又質問道。

「你的目的是什麼？」

當然，我得趕快救回夏凪才行……但還有另一項工作我得跟前者同步進行。

——那就是，爭取時間。

目前，這艘船的乘客們，正在齋川的指揮下搭乘救生艇逃往海上。身為船隻的主人，或者該說超級偶像，齋川賭上自己的領導魅力展開這次的作戰計畫……然而要讓所有人順利逃出，還得花上不少時間。保護夏凪，以及爭取其他乘客的避難時間，是交付在我身上的最後一項任務。

「你說我的目的，不是已經告訴過你好多次了嗎——把名偵探的遺產交出來。只要你那麼做，就不必用那種危險的玩意，我也會奉還這名少女。」

變色龍望著我右手上的傢伙嘲諷般地說道。

果然變色龍的……或者該說「ＳＰＥＳ」的目標就是希耶絲塔遺留在船上的所謂遺產。那一定是足以打倒「ＳＰＥＳ」的王牌。

「我也很想那麼做，但很遺憾我對那項遺產到底是什麼，一點概念都沒有。」

「呼嗯，果然不出我所料……是說，今天一整天都讓你任意行動了，看來你是真的找不到啊。老實說，直到剛剛我都還期待你能發現那項遺產呢，真遺憾。」

直到約定的時間為止，變色龍應該都融入背景中隱藏起來觀察我們的行動吧。那樣一來，他應該能理解用希耶絲塔的遺產為條件來交換夏凪的命，肯定無法達成交易才對。

「事情就是那樣，所以你可以乖乖把那女孩還給我嗎？」

我放下手槍，試圖與變色龍交涉。

「原來如此，你說了很有趣的話啊。不過，這種條件根本無法達成交易——如果你不提供給我任何好處的話。」

「好處？那麼這樣吧，只要你現在乖乖把夏凪放了，我就不會把子彈射進你的屁股，你可以放心安全地回家找媽媽……這種條件如何？」

「……哈哈，你真的比以前囂張多了啊。」

變色龍的遣詞用句依然是敬語，但很明顯已改用焦躁的視線狠狠射向我。

「你是不是搞錯了什麼啊？這次的交涉中你並不是站在有利的那方喔。」

變色龍的「舌頭」將夏凪的身體用力纏緊。

「唔……咕……！」

「夏凪……！」

「君、塚……？」

夏凪在變色龍的舌中甦醒過來。

環顧四周後，夏凪很快便理解了自己身處的狀況。即便是在這種時候，她依然浮現笑容。

「……啊哈哈，我、好像搞砸了呢。」

對不起——夏凪低聲冒出一句。

我不忍心看到她露出這種困窘的笑容。

「既然沒有找到名偵探的遺產——就代表起初的交易條件失效了，這麼說你同意吧。」

變色龍並不理會我跟夏凪的互動，而是拋出新的交易提案。

「這樣好了，這名少女的性命，以及留在這艘郵輪上的所有船員旅客性命，你就選一樣吧。」

「……！」

……唔，穿幫了嗎？不管是我在拖延時間這件事，或是目前旅客們還在避難這件事，全都被他發現了。可是，為什麼……

「你真的打算奪走郵輪旅客的性命？正如先前你所說的，這種行為對你並沒有任何好處啊？」

「哈哈，你是在報剛才的仇嗎？不過，說到郵輪旅客的性命，呵，其實也只是順便而已。」

「什麼順便？」

「嗯，我本來的目的很單純，就是讓這艘船沉沒。」

沉睡著名偵探遺產的這艘船——變色龍說道。

「既然找不到，那就維持找不到的狀態好了。反正我也拿不到那玩意，乾脆毀了它。說穿了，道理其實非常簡單吧。」

「……所以你覺得旅客的性命只是把這艘船弄沉的連帶結果嗎？」

「嗯，那只不過是為了達成目的的附帶結果罷了。」

聽了他的回答，我再度用力握緊手槍。但，一想到自己還有問題得問，只好拚命按捺下來。

「那夏凪呢！殺了她對你們又有什麼好處！」

只不過是一名普通少女的生命。誕生出這種「人造人」的恐怖組織竟然會盯上夏凪，怎麼可能……

「這個問題就更單純了，因為這名少女體內流著名偵探的血啊。」

「……唔！」

我的思考能力受到劇烈撼動。

果然是這樣啊。原來這就是答案。

「ＳＰＥＳ」最優先的目標，並非我或齋川——而是夏凪。因為夏凪擁有希耶絲塔的心臟，理由就只是這樣……

「不過請你放心，我們不會隨隨便便就殺了她。」

「不會隨隨便便就殺了她？」

不知為何，這句話在我聽來完全不具備任何正面的意義。

「嗯，畢竟她體內可是隱藏了名偵探的心臟啊。也就是說，要進行人體實驗。從腳趾尖到頭上的每一根頭髮——全都有詳細調查的價值吧？」

變色龍邪惡地咧嘴瞇起眼睛，用他那驚悚詭異的舌頭舔拭起夏凪的臉頰。

「……不要！」

夏凪努力向後仰，但如大蛇般的長舌卻不輕易放過她。

在黝黑的大海上，被舌頭包覆並送到船外的夏凪浮現苦悶的表情。

「混帳傢伙，快放了她！」

這回我真的拿槍口對準變色龍了。接著只要扣下扳機，彈頭便會貫穿那傢伙的眉心。

「剛才就說了，你還是稍微冷靜一下吧。一旦你開槍，這女孩就會掉入深夜的大海裡，一點得救的機會都沒有喔？」

「咕……」

是啊，這種事不用你說我也明白。

然而我的衝動，已經快要蓋過理智，到了無法遏抑的程度。我只能用顫抖的左手，拚死抓住即將爆發的右手。

「來吧，做出你的選擇。是要救這名少女的性命，還是這艘郵輪上的眾多旅客性命——你只能二選一。」

那傢伙給了我一個世界上最醜惡的選擇題。

倘若救夏凪，其他許多人的性命便會失去。

倘若選擇救其他人，夏凪就會被抓去做人體實驗並慘遭殺害。

——人的性命，豈能拿來選擇。

然而，要是我不選，那兩個最糟糕的選項必然會同時實現……不，我面對的可是那些傢伙啊。就算我選了其中一個，又有誰能保證另一端的性命就必然會得救？齋川事件時也是如此，「SPES」就是如此惡質的傢伙。

所以，從一開始我的選項就只有——

「君塚。」

忽然，有個聲音在呼喚我。

「朝我開槍。」

那位如此要求的少女，即便是在一片漆黑的幽暗中，依然像是一朵在山崖邊孤高怒放的白色花朵，臉上浮現出凜然的表情。

「妳胡說些什麼啊夏凪！」

被捲入「舌頭」的夏凪呼吸急促，即便如此，依然凝望著我，試圖將她的想法傳達過來。

「這選項很簡單吧。像這種時候，只要考慮最多數人的幸福就行了。難道你連這種簡單的四則運算都不會嗎？」

「……這麼理性的思考方式一點也不像妳的風格。」

「會嗎？或許吧。不過如今這種情況需要的並不是我的激情，而是名偵探的理性呀。」

「妳自己才是名偵探吧。」

「錯了。我什麼人也不是，只是一個贗品罷了。」

「別胡說……！」

「君塚。」

夏凪再次呼喚我的名字。

「不要當任何人的替代品──當初你這麼說，讓我很開心。」

謝謝你。

夏凪的嘴角，甚至看似正隱約露出微笑。

如果我這時朝夏凪開槍，敵人便會失去人質。那之後對手恐怕會把這艘船弄沉吧，不過屆時我就可以豁出去拚死阻止。只要沒有夏凪當人質，我就能毫不猶豫地將槍口對準敵人。雖說獲勝機率不指望有百分之百，但應該可以賭個五五開的戰局。

所以，沒錯。

夏凪此刻犧牲自己的判斷可說是再正確不過了。那絕對是正解。

因此，既然這樣，我該採取的行動便是——

「君塚。」

這時，夏凪再度呼喊我的名字。

「快開槍。」

就在這一瞬間。

不知何時的過往回憶從我的腦中甦醒。

那是一名白髮少女，瞞著我，獨自一人挑戰凶惡敵人的景象。

沒錯，那傢伙總是這樣，從不吝於犧牲自己，也對此毫不畏懼。她就是那種會誤以為犧牲自己才是正確做法的傢伙。所以那個時候，記得我就是為此動怒斥責她。而那時的希耶絲塔則露出了我從未見過的愕然表情，到今天我都還歷歷在目。

我想起了那一幕……是啊，再度上演了。

如今的夏凪，跟當時的她一模一樣。

所以，這次的情形，也一定……

聽到夏凪的要求，就在這瞬間——我便決定了自己該做的選擇。

「——如果犧牲自己是正確的，那我才不要。」

我可以看到夏凪微微睜大雙眼。

「妳不是說過自己只是個無名小卒嗎？」

我朝夏凪的方向邁進了一步。

理所當然地變色龍也在警戒我，他對我擺出隨時會採取某種攻擊的架勢……不過我動作比他更快一秒，直接將槍口對準那傢伙的眉心。

「……是呀，我是一個只能模仿他人生活方式的冒牌貨，不過是個無名小卒罷了。」

「是嗎？那真是太好了。」

我朝著夏凪又靠近一步。

「如果妳目前是個無名小卒，那就代表未來妳可以變成任何人。」

倘若不知道該怎麼飛，只要學習別人鼓動翅膀的方法就行了。

倘若不知道自己該怎麼生活下去，那只要跟別人一塊並肩前進就行了。

臥病在床十八年的妳，一定比別人更能享受跑百米的樂趣才對。這個世界上妳所未曾經歷過的愉悅簡直多到比山還高。從現在開始，妳可以讓自己變成任何人。

「因此，我決定這麼做。」

我將手槍槍口轉向夏凪的方向。

「……哎呀哎呀這就有點困擾了啊。這孩子我打算帶回基地留著做各種實驗，所以現在還不能被你殺掉啊。」

變色龍擺出虛偽的笑容，吐出令人作嘔的玩笑話。是說，這傢伙不知為何好像產生了相當大的誤解。好吧，反正他本來就不可能知道。

我曾對夏凪那傢伙，在漆黑的夜色下這麼誓言。

「夏凪渚，絕對不可以比我先死。」

很抱歉，那就是我們的約定。

我瞄準好目標，擊穿將夏凪身體用力纏緊的**變色龍舌頭**。

「嘎啊啊啊啊啊啊啊啊啊啊啊啊啊！」

變色龍發出苦悶的咆哮。鮮血四處飛散，「舌頭」被子彈撕裂成兩半。

而本來被包覆在其中的夏凪也因此墜向黝黑的大海——幸好。

「渚小姐——！」

在她即將落入黝黑的大海前，一艘鋪設有墊子的小艇恰好滑向她與海水之間。

「抱歉來晚了！」

啊啊，是齋川。那顆在幽暗中依然閃閃發亮的碧藍一閃一爍，的確具備三十億元的價值啊。

◆在夜空中招展的金黃色旗號

『你曾說過，我並不像什麼偵探對吧。』

不知是多久以前的事了，我曾對希耶絲塔表示「比起偵探，妳的工作更像是一名特務啊」。

『我所認為的『偵探』定義，是不論何時，都要扮演**維護委託人利益**的存在。我對這種工作感到相當自豪——因此從過去，到現在，以及將來永遠，我都會繼續擔任一名『偵探』。』

希耶絲塔這麼說道，她對自己是「偵探」這件事一直很執著。

我猜以她的立場，所謂的委託人一定就是指**除了她以外的所有人類**吧。

懷抱這種理念，她才會笑著宣稱自己具備名偵探的體質。

那真是讓人目眩神迷的笑容。

「剩下的就拜託妳了！」

剎那間回憶起過往的這些經歷，同時我也對齋川這麼喊道。

維護委託人的利益——不必做得太多也不能做得太少。只要能達到這個標準就夠了。

就算推理正確又怎麼樣？假使無法挽救人們的性命就毫無意義。

夏凪想以自己的性命挽救留在郵輪上的旅客，而齋川也在千鈞一髮之際及時趕來救援，這兩人都毫無疑問繼承了名偵探的遺志。

「開走了啊……」

我目送在海面上逐漸遠去的小艇與那兩人。

總之，不能再讓她們遭遇更大的危險了。

之後這部分是我的工作。

「真是幹得漂亮啊……」

變色龍儘管還是使用莫名客氣的口吻，但原本無表情的臉孔已慢慢染上怒色。

接著他拭去嘴角的鮮血，把原本應該被子彈打斷的「舌頭」重新伸出來。

那副模樣，就像是自行斷尾後依然能再生的蜥蜴般，簡直是隻爬蟲類。

這傢伙，早就捨棄身為人類這種族。

「我不會再手下留情，絕對要在這裡解決掉你。」

霎時，變色龍的「舌頭」以猛烈的氣勢朝我撲來。此外在其尖端，還像之前蝙蝠的耳朵一樣，變成了銳利的刃器狀。

「──唔！」

雖說類似的攻勢我早就領教過了，但依舊無法輕易躲過。

我在地上翻滾閃避攻擊，肩頭還是被稍微劃了一下。

「唔，好痛……」

是說在四年前，躲避這種攻擊的人可不是我，而是希耶絲塔。早知會遇到這種事，當初我就該學一下防身術。

「可惡的傢伙。」

我在強烈的痛苦下發射子彈。

老實說，接下來該怎麼辦我完全沒有計畫。

剛才雖然驚險，幸好還是成功救走夏凪了。至於其他旅客們，既然齋川有空趕來，就代表大致已經避難完畢了吧。

既然如此，我就沒有後顧之憂。

跟船一塊沉入大海的，只有我一人也無妨。

「……呼。」

我好不容易才站起來，將子彈填入手槍。

這六發子彈是最後的機會。

「喔呵，眼神中好像充滿了覺悟啊。是打算自己一個人去死嗎？」

變色龍暫時收起舌頭，將原本就很細的眼睛瞇起，向我看來。

「哎，真抱歉必須帶你一塊上路了。兩個男人在大海上殉情，寫出這種劇本簡直糟糕透了，只可惜我不是什麼暢銷劇作家啊。」

「在這種狀況下還有空耍嘴皮子啊。比起劇作家你更適合當喜劇演員不是嗎？你要是去地獄的第二層表演脫口秀，我一定會打賞你一美元紙鈔的。」

我們互相吐槽著一點都不好笑的黑色幽默，同時以視線牽制彼此的動作。

「真要說起來，我並不打算拿這條命陪葬。而那些被你放走的少女們，等我把你殺了之後，就會確實奪走她們的性命。」

說完，變色龍令人作嘔地舔了舔舌頭。

「為什麼，有那個必要嗎……」

就算夏凪說要繼承希耶絲塔的遺志好了，但她不過是個普通的女高中生。為什麼要對她如此執著——

「這一切，都是為了那顆『心臟』。」

變色龍露出忌憚的表情，歪著嘴脣說道。

「雖說我也是直到最近才知道的——但那玩意可不正常。」

並不、正常？

難道希耶絲塔的心臟隱藏著什麼祕密嗎？

「嗯，反正也沒必要讓你知道。只是對我們而言，最近的情況有些改變，我最多只能告訴你這些了。」

「……呿，你從剛才就在賣什麼關子……」

「不過，看來並沒有演變成足以讓我們恐懼的事態，所以可以安心了。再加上名偵探留下的遺產等會兒就要跟這艘船一起沉入海底，勝利是屬於我們的。」

哈哈，哈哈哈——變色龍以令人不快的噪音發出嗤笑。

「等殺了你以後，不論要到世界的盡頭或天涯海角，我都會不斷追殺那些少女們，用所有方法折磨，讓她們痛苦、痛苦，嘗盡無邊的痛苦，忍不住哭著哀求『快把我殺掉吧』，直到最後的最後我才會虐死她們。」

在我的體內，好像有什麼繃斷的聲響。

「那麼，我好像有點太饒舌了。差不多該到此為止了吧。」

要察覺剛才那個是代表殺氣的聲響，我只花了一秒鐘不到。

「需要留給你時間禱告嗎？」

「免了，很遺憾我是無神論者。」

「這樣啊，那麼——」

變色龍說到這暫時打住。只是很抱歉，接下來的臺詞會被我搶先說完。

「——你去死吧。」

我以滑壘的動作閃過如子彈般襲來的「舌頭」，並順勢鑽進敵人懷中。

內心的殺氣衝動已經無法抑止了。我用手槍抵住那傢伙的下顎——

「你還太嫩了。」

沒想到，如鞭子般瞬間收回的舌頭，冷不防在我右手上彈了一下。

「咕……！」

而當我正賣力抓牢差點被打掉的手槍時……

「簡直毫不設防啊。」

「咕……嘎……」

腹部被長舌打到凹陷下去，我就像被鋁棒擊中的棒球一樣，整個人飛出去。

「沒辦法、呼吸……」

身體狠狠撞在甲板上，連呼吸都無法保持順暢。

恐怕肋骨也有好幾根完蛋了。

全身的血液彷彿都被抽乾，可以明顯感覺到體溫一口氣下降。

——這樣下去，我會死。

實在太沒意思了。

不過這並不是什麼預感，而是一種確信。

「只不過是一介人類，怎麼可能有機會打贏『人造人』呢。」

面對逐漸接近的變色龍，我勉強爬起身再度舉起手槍。

……但，視野非常模糊。

大概是呼吸變得過度急促吧，我連好好瞄準都沒辦法。雙腿也搖搖晃晃。

「看吧，你誰也守護不了。」

「吵死了給我閉嘴！」

我憑藉直覺隨意扣下扳機。

然而子彈卻沒有命中，好不容易從正面飛過去的這發，被那傢伙的「舌頭」彈掉了。

不只是長度而已，就連硬度也能自由變化嗎……

「你會在這裡死去，至於那些被你放走的少女們，我之後一定會親手幹掉。」

「……混、帳！給我閉嘴！」

我再度扣動扳機……但子彈卻沒有射出。子彈已經打完了。

「沒錯，你所做的都是徒勞無功。不論是你，還是你想守護的人們，全都會死去。就跟那個惹人厭的名偵探一樣。」

我會，死去。那樣也好。

反正我一年前就該死了，現在的我只是行屍走肉。

然而夏凪，還有齋川。

只有她們，我非得守護好不可。

委託人的利益，我也非得努力維護不可。

正如夏露說過的，我並不是偵探，只不過是一介助手罷了，但，即便如此——

「名偵探的遺志，我也很想要繼承啊。」

本來以為無法動彈的雙腿，再度動了起來。

我回憶起齋川的話。

握住拳頭，轉動肩膀關節。

調勻呼吸後，先閉上眼，深呼吸一口氣，然後慢慢吐出。

感覺血液在循環。重新睜開眼，之前混濁的視野又變清楚了。

或許我身上也藏有藍寶石的眼珠吧。

雖說那是不可能的，但耳朵之類的呢，我將希望寄託在聽覺細胞上。

——聽到了。

而且那不是只有我，是任誰都能聽到的轟隆作響。

「直升機？」

仰頭一看——在前方漆黑一片的夜空中，飛出一架直升機。

「君塚！快趴下！」

感覺好像有人在遠方這麼大喊，我立刻臥倒在甲板上的掩蔽物後方。

下一秒鐘——

「嘗嘗這個吧啊啊啊啊啊啊啊啊啊啊啊！」

槍擊聲幾乎要劈裂耳膜。

從夜空中，子彈像雨點般灑在變色龍身上。

「咕啊啊啊啊啊啊啊啊啊啊啊啊啊啊啊！」

盤旋於船隻上空，自直升機開啟的艙門內……

「看來你歷經了一場苦戰啊，君塚。」

金黃色的長髮隨夜風招展，那個直挺挺站著以機關槍掃射的正是夏洛特・有坂・安德森。

◆Buenosdías

「夏露……」

我愕然地仰望那架飄浮在夜空中的機體。

螺旋槳在海面上描繪出波紋，那是一架以大型旋翼驅動的武裝直升機。

夏露正在開啟的機艙門操縱機槍，至於另一頭坐在駕駛座的人是——

「喔，好久不見了啊臭小鬼。你這回終於要自首了吧！」

風靡小姐俯瞰底下的我，透過直升機的擴音器開我玩笑。

「這次不論誰看我都是被害者吧！」

我這麼說完後，風靡小姐卻以手指著我身上的某樣物品。

……啊啊，原來是這個。

違反槍砲彈藥刀械管制條例。我第一次以現行犯的身分被抓到。

真是的，結果她也能像個普通的警察般正常發言不是嗎？

是說，妳自己還不是擅自開出軍用直升機。

「我沒關係啊！畢竟我是條子嘛！」

最好是沒關係。還有不要隨便使用讀心術好嗎？

真受不了。這種時候千萬別讓我的表情放鬆下來啊。

請別讓我因為自己不是孤軍奮戰而感到安心。

「咕……可惡，嘎……」

聽到了彷彿響自地底的呻吟。

即便流著血，變色龍仍然搖搖晃晃地站起身。

他細長的雙眼布滿血絲，視線投向在夜色下滯空不動的直升機和夏露。

「真是久違了啊，人造人。其實我一點都不想再見到你。」

「……是啊，我也覺得妳這傢伙的臉很面熟……啐。」

變色龍的口吻再度變得粗暴起來。這才是他原本的面貌吧。

「君塚也是，這回我是真的以為不會再見到你了。」

「……拜託，難道妳一開始就打算這麼做嗎？」

以最強大的武力殲滅敵人，要說這是夏露的風格也的確沒錯。

早就察覺出敵人真實身分的夏露，決定提早離開這艘船去外面補充戰力後再返回。要是當初她能跟我商量一下就好了……雖然我這麼感慨，不過，從以前我們就沒有這種無謂的習慣啊。而且我還經常為此被希耶絲塔斥責。

「……老實說，妳來得正是時候啊夏露。」

真沒想到，事到如今我還會遇上被夏露拯救的日子。

「哼，被那種**小妹妹**撂狠話，我怎麼可能繼續保持沉默啊？」

「呃妳們兩個不是同年紀嗎？」

……不過，對喔，看來夏露也被夏凪的批評煽動了啊。

至於夏凪本人一定對這件事毫無自覺吧，她根本沒想那麼多——

「總之君塚你先退下！接下來輪我表演了！」

說完，夏露再度操縱裝備在艙門旁的機關槍，瞄準「人造人」。

真為你感到遺憾啊變色龍。

一旦那傢伙手中有武器，就算天王老子來了也不是她的對手。

「看你往哪裡逃！」

夏露喊著這種不知誰才是反派的臺詞，朝甲板狂噴子彈。

「……咕。」

儘管拖著剛剛才被擊中的身軀，變色龍依然敏捷地四處奔逃。不時，他還會揮舞硬化的「舌頭」，將子彈彈開。

「咕，煩死了。」

地面與空中的攻防戰。

然而，即便如此還是夏露占地利。

變色龍光是為了防禦從天而降的無限子彈就耗盡精力，僅有的舌頭只能拿來擋子彈。對付這無窮無盡的掃射風暴，變色龍除了在甲板上胡亂逃竄外別無他法。

「君塚！」

突然，夏露以不遜於槍聲的大音量呼喊我。

「我討厭你！我最討厭你了！」

是這樣嗎？不過我也跟妳有同感。

很抱歉，我可從來沒有考慮過要跟妳好好相處。

「不過……不過！大小姐選的人是你！而不是我，她選了我最討厭的你！既然如此……既然如此，那我也只能託付給你了！我最喜歡的大小姐，如果選了我最討厭的你……那麼我，以後就只能仰仗你了！」

她就像在祈求般大叫著。

臉上並沒有淚水，取而代之的是彈雨從天而降。

夏洛特一定是想要完成師父最後的心願吧。

「君塚！這次一定要靠我們兩人順利達成任務！」

是啊，我知道，我早就明白了。

打從一開始，我就是這個打算。

「嗚啦啊啊啊啊啊啊啊啊啊啊！」

可能是連重新裝填子彈的步驟都嫌麻煩吧，夏露拋下艙門機槍轉而拿起另一把新武器，繼續攻擊變色龍。

像這樣壓制對手，一定會贏。

當我躲在掩蔽物後，內心如此確信的時候。

「——真是的，受夠了。」

結果在夏露更換武器的空檔，攻勢出現了短暫的中斷。

只見變色龍懶洋洋地擺出前傾姿勢——突然，失去了蹤影。

「夏露！小心！」

「咦？」

緊接著下一秒鐘，直升機機身出現嚴重傾斜。

「咕！中招了！」

乍看之下，螺旋槳好像沒事……不過，從機身中，有什麼正在洩漏。

「……是燃油嗎？」

引擎部位正滴下看似汽油的液體，落在我們所在的甲板上。

直升機跟先前相比，飛行高度已經變得很低了，再這樣下去什麼時候會墜毀都不奇怪。而且變色龍的身影完全融入了背景之中，從我們的視野內消失。這樣一來……

「呿，這樣根本不知道自己有沒有打中嘛……」

夏露憑直覺繼續以機關槍攻擊，但怎麼看都不像有擊中變色龍的樣子。至於在駕駛座的風靡小姐，也握著操縱桿拚命讓傾斜的機身恢復正常。
可惡，一旦被對手搶走視覺上的優勢，我方就難以出手了。
要怎樣才能跟看不見的敵人戰鬥。如果希耶絲塔在場，她會……
「哈哈，這下子妳再也無法射中我了吧！就連當初那個名偵探也一樣對我無計可施！」
儘管看不見那傢伙的身影，但敵人吹噓獲勝的叫囂還是在四周迴盪。
……不過比起那個，剛才這傢伙說了什麼？
就連當初那個名偵探也一樣無計可施？
難道在我不知情的狀態下還發生過什麼事嗎？
「如今依然清晰地殘留在我眼皮底下啊——那個令人忌憚的少女，悽慘屈服於我的身影！」
啊啊，是這樣嗎？
是這傢伙。
就是他，把希耶絲塔——
終於找到了，名副其實如假包換的仇敵。

不過，不知道為什麼，我的內心依然一片平靜。

已經喪失情感了。

在我內心深處，僅剩下將「SPES」——這隻怪物殲滅的使命。

直到任務結束為止，我的腳步都不會停滯。

「……唔！是你把大小姐給……！」

夏露的怒吼聲在戰場中響徹。

是啊，我可以體會。妳此刻的情緒我比誰都更清楚。

不過，夏露，現在先看向我這邊。

我做出用兩根手指按住嘴脣的手勢。

「君塚？——是嗎？我懂了。」

看來她至少還能理解這不是送出飛吻的意思。

來吧，先把事情結束掉。

接下來就是收拾怪物的時間了。

「我也覺得，這個人差不多該戒菸了。」

「……真是的，拿你們沒辦法啊。」

夏露點燃從風靡小姐那搶過來的打火機，立刻往下扔。

沒錯，甲板上正瀰漫著從直升機漏出的燃油。

「嘎啊啊啊啊啊啊啊啊啊啊啊啊啊！」

火勢一口氣擴散開來，將變色龍的周圍一帶燃燒殆盡。

當然位在同一個區域的我也不是毫髮無傷。不過，從一開始我就有同歸於盡的覺悟。

「好、好燙，啊……會，死……」

在這種極端嚴苛的環境下，皮膚變色的功能好像也失靈了，只見變色龍再度現出身影。他變成一根火柱，長舌無力地下垂著，雙膝跪倒。

「嘗嘗這槍吧。」

緊接著又是一聲鈍重的槍響。

內心承載著無數的情緒，夏露奮力射出這一擊。

「——唔！嘎啊啊！」

發出不成聲的慘叫，變色龍咳血了。

原本應該要硬化的「舌頭」也被子彈貫穿，砰咚一聲掉在他腳邊。

不過，「舌頭」被打斷後又自根部開始再生。我見狀，主動走向火勢還很猛烈的現場。然後用右手拾起那尖端像刃器一樣銳利的「舌頭」。

「——唔，可惡，可惡，啊。」

眼前這隻爬蟲類，彷彿在說些什麼。

「殺掉，你。你也會，跟，那個，名偵探，一樣，悽慘地……」

是嗎？只要「舌頭」還能再生，這玩意就能繼續說話。既然如此——

「——！嘎啊啊啊啊啊啊！」

我以撿來的「舌頭」，割裂變色龍再度生出的「舌頭」。

這就像一把劍。是你自身長出來的雙刃劍。

包括過往的搭檔、她的同伴，以及繼承了她遺志的人們——背負許多不同人內心的思念，我揮落那把劍。

「快、快住手啊啊啊啊啊啊啊啊啊啊！」

住手個鬼。這一劍，就是你這傢伙帶給其他人的痛苦。

「嘎啊啊啊啊啊啊啊啊啊啊啊啊！」

就算能不停再生，我也要一遍遍砍斷。

只要能讓這傢伙無法再說話就行了。

「啊……啊，啊啊……」

感覺眼前這玩意只能發出一些無意義的聲響了。

不過我的右手還不想停下來。遠遠不夠。

流血，流血，給我流更多血吧。

那裡有夏露的份，我的份，此外，還有希耶絲塔的份。

拜託，算我拜託你。流更多，更多──

「──拜託，你快給我去死吧。」

我不知道切斷那根「舌頭」多少次。

腦中只想著這一下就結束了，這一下就真的是最後一下了，我高高舉起劍──

「……唔！」

正打算劈下去時，船身突然劇烈搖晃。緊接著下一秒鐘。

「還、還沒完。」

等我回過神，已經太遲了。

「……唔！」

我的身體被變色龍的長舌纏住，看來剛才並沒有完全切斷它……！

「換一個，地方，打。」

隨後，他改用長長伸出的「尾巴」猛敲了一下甲板。

「咕……！」

火燒後變得脆弱的甲板被輕易鑿穿，我在變色龍的舌頭纏繞中墜落至底層。

「可，惡！」

在此上演了短短數秒的空中戰。

我將依然拿在手上的僵硬「舌頭」殘骸，插進變色龍的口中。

「咕，嘎！」

這麼一來，死纏著我腹部的舌頭力量也稍微放鬆了。我驅使傷痕累累的身軀，勉強將變色龍壓到下面當肉墊，避免跟地板激烈碰撞。

「痛死我了。混帳，剛才就只差一點。」

這裡是哪裡？我掉到了什麼地方？

從天花板那個大洞湧入的黑煙使得視野極度惡劣，根本看不清楚四周。掉下去的途中我還聽到風靡小姐跟夏露呼喚我的聲音，但現在也完全聽不見了。

「總之，得先重整一下態勢才行……」

沒有武器，也不清楚目前身在何處，這種狀態下是無法跟那傢伙對決的。

我努力拖著雙腿，跟同樣滿身是傷的變色龍拉開距離。

「……等等，這樣簡直像是我在逃跑嘛。」

我一邊自嘲……就是在這樣的處境下，我反而在變得混濁的意識中，思考起自己努力求生的理由。

「……是夏凪。」

『我是不會死的。我絕不會拋下你，自己一個人任性地死去。』

我再度回憶起這番話。
沒錯，既然夏凪已經這樣跟我約定好了，我也不能失約。
我同樣不能拋下夏凪，自己一個人任性地死去。
畢竟我們連道別的話都還沒說過啊。
等我好不容易退到牆邊，我才重新仔細環顧自己所處的空間。
「哈哈，真是無巧不成書啊。」
又是那個豪華絢爛、酒池肉林。
前一天我才剛造訪過這裡。這裡是由人們慾望迴旋形成的夢之樂園——賭場。
拿來當最終決戰的背景裝飾，老實說再契合不過了。
「——唔——殺——殺掉，你。」
不久變色龍也恢復了意識，以前傾的姿勢站起身。
雖說敵人也是遍體鱗傷，但我只有這副臭皮囊可用，身上完全沒武器。
所以，該怎麼戰鬥？
真要說起來，我也沒有其他選擇了。
「啊啊啊啊啊！」
變色龍詭異地咆哮起來，那副模樣甚至令人懷疑那傢伙是否還具備人格。
好，那你就來吧。

我往前踏出左腳，右拳抽回到身體側面。
武器就只有這副臭皮囊，待會要上演的是肉搏戰。
「唔喔喔喔喔喔喔喔喔喔喔喔！」
變色龍發出啼叫，染血的長「舌頭」朝這邊一直線飛來。
「嗚喔喔喔喔喔喔喔喔喔喔喔！」
我在下半身蓄力，轉動腰部。
緊接著順勢揮出右拳——

「——你呀，是笨蛋嗎？」

我聽到了這樣的說話聲。
感覺好像剛剛傳入耳邊。
不對啊，畢竟……
這麼激烈的戰場，現在應該不可能會有人故意闖進來吧？
「以『人造人』為對手進行肉搏戰？這已經不叫魯莽了，根本是有勇無謀。」
接著我聽到的是一聲槍響——然後，是變色龍的慘叫。
視野內又是鮮血四濺。那傢伙的長「舌頭」再度被切成兩半。

「好啦，這麼一來那條『舌頭』**就無法再度攻擊我了**。」

這樣的遣詞用句我好像在哪裡聽過。

隨後，聲音的主人從天花板被敲開的洞口順勢跳下來，降落到我面前。

那人的背影我有印象，應該不可能會認錯。

而且最近這段時間，我總是因著諸多理由經常跟對方一塊行動。

可是，她為什麼會回來這裡？之前不是已經跟齋川一起乘船逃出去了嗎？

這種理所當然的疑問，碰到某個假設後就煙消雲散了。

我正準備確認這個答案時，那傢伙卻搶先一步回過頭。

然後她，夏凪渚，是這麼對我說的。

「久違了呀。」

沒錯，的確很令人懷念。

就是那個。我一直很想再見到這種一億分的微笑。

「是啊，午覺已經睡夠了嗎？——希耶絲塔。」

◆跟你共度的，那眼花撩亂的三年時光

如今，在我眼前的這號人物——是夏凪渚，這點並沒有問題。

然而。

「一年沒看到你的臉了，感覺你的眼神好像變得有點邪惡了呢。」

聽到這番臺詞，位在那個**身體裡面**的人是誰已經不言可喻了。

「妳才是呢，不管是外表或全身上下每一處，根本全都換了個人不是嗎——希耶絲塔。」

外表是夏凪——但內心卻是希耶絲塔。

這種正常情況下不可能發生的現象，我卻不知為何**如此**認定。

要說我這種認定有什麼理由的話。

「妳還存活在『心臟』裡面嗎？」

記憶轉移——一種在進行器官移植後，捐贈者(Donor)的性格和興趣愛好，會在受贈者(Recipient)身上表現出來的現象。雖然未經科學證實，但記憶轉移的案例在世界各地都曾出現，之前接受心臟移植的夏凪渚也發生了此一現象。

然而，就算記憶轉移的現象是實際存在的，通常情況下，捐贈者移轉給受贈者的，頂多只是性格、生活習慣及少許記憶這種程度罷了。

但話說回來，現在的夏凪不只是記憶繼承了希耶絲塔而已，簡直就連身體都被希耶絲塔本人占據。這根本就是喧賓奪主啊。

「總覺得你好像又在想某些很失禮的事呀。」

夏凪……不對，是希耶絲塔，似乎有點不服氣地皺起眉。

「我只是稍微借用一下這女孩的身體罷了。並沒有打算鳩占鵲巢喔。」

以夏凪的臉、夏凪的聲音，希耶絲塔正在跟我對話。

對此一事實我內心產生了些許不自然感——但即便如此，我依然……

「能見到妳真高興啊，希耶絲塔。」

不管是以何種形式，這久違一年的重逢令我渾身顫抖——我不自覺當場癱坐在地上。

「你以前會用那種表情笑嗎？」

希耶絲塔微微瞪大雙眼。

「可能我變得比較圓滑了吧。」

我不知為何如此以為。

就像這樣，當我們沉醉在重逢的交談時。

「——咕，嚕啊。」

在賭場的深處。

剛才受希耶絲塔槍擊，口中正流出鮮血的變色龍發出了低鳴聲。

突出的眼白布滿了血絲，全身的皮膚底下青筋蠢動著。採取前傾姿勢，不停揮動「舌頭」跟「尾巴」的那副模樣，已經完全喪失還是人類時的影子了。

「希耶絲塔，聊天就到此為止吧。還得先把那傢伙收拾掉才行啊。」

「是呀。嗯，我正是為此而來的。」

說完後，希耶絲塔打開不知從哪弄來的銀色手提箱，裡面裝有給我使用的槍械。接著她朝還坐在地上的我伸出左手。

「你——就當我的助手好了。」

聽到這句臺詞的瞬間，我的意識回溯到四年前。

一模一樣。就跟當初我們在一萬公尺高空的那場邂逅一模一樣。

如今站在我面前的，其實應該是夏凪才對——但倒映在我眼底的身影，卻清清楚楚是四年前那一天的希耶絲塔。

……既然如此，打從一開始我就沒有任何選擇權。

「悉聽尊命——名偵探。」

我抓住希耶絲塔朝我伸出的手，努力擠出笑容這麼回答道。

「……你的笑容堪比恐怖片呀。」

「少囉唆！」

我們兵分兩路，採取前後包圍變色龍的陣形。

「嚕喔喔喔喔喔喔喔喔喔喔！」

可能是為了進行牽制，變色龍也交替睥睨著我們。

至於「舌頭」跟「尾巴」，則像是要捕捉獵物般在半空中扭動著。

「小心！那玩意的伸縮性、硬度都能自由操縱！」

我一邊繞到敵人正面，一邊對相反方向的希耶絲塔傳達情報。

「哎呀，你負責那邊可以嗎？」

「嗯，有什麼問題嗎？」

就算她的內在人格是希耶絲塔，身體依然是借用夏凪的狀態。

與敵人正面交鋒的任務還是給我比較合適。

「那傢伙的『舌頭』已經不能再攻擊我了，我認為由我負責正面比較妥當喔。」

「……一下子忘了。」

可惡，剛才真不該耍帥。

「意外少根筋這點倒是跟以前一樣沒變。」

「妳很吵耶。」

我們一邊躲避敵人的攻擊，一邊交換位置。

「仔細想想每次都是這樣啊。」

希耶絲塔以槍應付敵人「尾巴」的同時，似乎很懷念地這麼說道。

「好比你會說『今天一定要讓妳住度假飯店』並鬥志高昂地衝入賭場，然後把所有的錢都砸在裡面。」

「咕……那是因為妳前一天抱怨『再也受不了餐風露宿了！』還哭得很悽慘，我無奈之下只好去賭一把翻身……」

「請不要捏造記憶。」

下一瞬間，子彈幾乎是掠過我的臉頰飛去。

「希耶絲塔妳搞什麼！」

「可以不要把過錯賴給別人嗎？那次是因為你隨地小……在外面解手時，不小心被我看見的緣故，如果當時傷害到你自尊的話我現在道歉。」

「現在是戰鬥中！不要害我想起無謂的事！」

真受不了這個女人。

以瀟灑動作躲避敵人攻擊的同時，還能跟我抬槓過去的糗事。

…………

……是說，過去還真的就像這樣。

「希耶絲塔妳自己還不是，把丟臉的一面暴露在我面前，妳不能否認吧？」

「你說什麼？」

「就是那個啊，忘記是哪一次了。我們倆痛飲了完全無法負荷的酒量，之後就……」

「啊——啊——我什麼也沒聽見。」

「就說了別把槍口對著我啊！」

……砰！這時變色龍的「尾巴」搗爛了附近的牌桌，碎片應聲飛了過來。

這是為什麼呢？

情況已經如此緊迫了，本來應該要在這最終決戰全力以赴才對……但不知不覺緊繃的雙肩竟又放鬆下來。

只是因為希耶絲塔在的緣故。

只不過是跟她並肩作戰而已，身體，以及心靈，都像是生出翅膀一樣輕盈。

「你這傢伙，沒忘了現在是戰鬥中吧？別讓我想起無謂的事。」

「那句臺詞應該是我來說才對——真是的，太沒道理了。」

希耶絲塔跟我——兩人的槍同時發射子彈。

「嘎啊啊啊啊啊啊啊啊啊啊！」

雙雙命中。只見變色龍猛然跪了下去。

我趁隙補充槍裡的彈藥。

「哈哈，還真稀奇耶。妳也會如此驚慌失措。」

「明明不過是個助手卻這麼囂張。你什麼時候學會反過來捉弄我的？」

「士別三日就該刮目相看了。」

更何況我們之間已經是一年不見。

一年——就像要尋回那喪失的聚首時光般，我們不斷相互吐槽開著玩笑。

「……所以說呢？結果在那之後，事情怎麼樣了？」

「什麼怎麼樣？」

「……就是，那個呀。」

希耶絲塔以夏凪的臉孔欲言又止。

「痛飲一番，兩人都酩酊大醉，那之後我們……做了嗎？」

這種罕見的害臊表情，真希望是在希耶絲塔本人的臉孔上演啊。

「妳剛才不是說不要想那些無謂的事嗎？」

「不，老實說我就是很在意那點，才會對這個人世依戀不捨呀。」

「把剛才重逢的感動還來！」

然而，就在此時，變色龍一邊發出低吼一邊站起身。

「吼嘰呀啊啊啊啊啊啊啊啊啊啊啊啊啊啊──！」

這種足以令空間都為之震動的咆哮，是前所未見的。

彷彿就在呼應這巨響般，變色龍的身體也出現變化。

本來就布滿血絲的眼睛更劇烈凸出了，全身開始長出類似硬化「鱗片」的玩意。伴隨著鈍重的摩擦聲，那傢伙的個子膨脹到遠遠超過普通人類的尺寸，衣服也被撐破像是幾條破布勉強掛在身體上。此外下肢或許是再也無法支撐本身的重量了吧，那傢伙擺出爬蟲類，或者該說類似恐龍般前傾的四足爬行姿勢。這副模樣簡直就是──

「怪物。」

怪物很自然地以喉嚨發出一聲巨響。

「這是……完全被『核』取代掉了啊。」

希耶絲塔並排到我身邊嘆息道。

「喂名偵探，不要一副理所當然的樣子講解我聽不懂的詞彙啊。」

真受不了，又讓我想起了那三年的辛酸。

這傢伙真的是那種完全不把重要資訊告訴我的人。為此我不知道陷入了幾度危機啊？而且每次都到了最後的最後，她才會擺出得意洋洋的表情伸出援手，嘴裡強調著「你就好好感謝我吧」。啊──光是想起來就讓人火冒三丈。

「呼呼，你的這種表情也滿讓我懷念的。」

「妳剛才絕對是在嘲諷我吧？」

「哪有，我最喜歡你這張臉了。」

……拜託不要投這種直球過來好嗎？

「——嗚！吼嘰呀啊啊啊啊啊啊啊啊啊啊啊！」

怪物再度發出啼叫。

是啊，我可以體會那傢伙的心情。明明都變身成最終形態了卻被對手完全無視，換成是我也一定會想大吼大叫的。不過，想抱怨就去找那位名偵探吧。

我跟希耶絲塔先重整陣形，再度採取雙方包夾敵人的態勢。

「然後呢？說真的妳到底回來做什麼啊？」

「什麼嘛，當然是為了回來幫你呀，一定要我說出口嗎？」

「聽起來一點也不可愛。」

「騙你的。」

子彈在空中交錯，空氣煙硝味瀰漫。

這幅光景，簡直就像白日夢般充滿了幻想的氣息。

臉頰被劃破後微微流著血的「白日夢（希耶絲塔）」正在戰場中馳騁。

最終她**跳上了變色龍狂暴亂揮的舌頭**，隨即直接躍起飛踢敵人的腦袋。

「其實，是她拜託我過來的。」

緊接著一個空翻後落地的名偵探，回過頭來這麼對我說。

「她希望我來幫你——這是她的心願。」

「夏凪她，拜託妳？」

「嗯。老實說，我本來已經打算將以後的事全都交給那孩子了……但她都那麼懇切地求我了，所以囉？」

透過同一個身體——那兩人之間，不知經過了怎樣的溝通。

唯一一點可以確定的，就是夏凪的話促使希耶絲塔採取行動。

然而那也同時意味著，今天**這次**是特例。也就是說……

「所以，這是最後一次了——我們不會再見第二次囉。」

夏凪的臉龐跟希耶絲塔的神情重合在一起。

她正以筆直率真的眼神凝視著我不放。

「是啊，我明白。」

我很清楚，這回是真的要永別了。

「嘎啊啊啊啊啊啊啊啊啊啊啊啊啊啊啊啊——！」

方才被踢倒的變色龍又爬起身，正以怪物般的模樣發出吠叫。

緊接著下一秒鐘，那傢伙又消失不見了。這次一定是最終的戰鬥。

「希耶絲塔，小心。」

我對返回身邊的希耶絲塔這麼出聲道。

「你放心吧——助手，抓緊了。」

「嘎？……嗚喔！」

身體飄浮在半空中。

已經時隔四年之久了。

當初，我也是像這樣被希耶絲塔搭救。

希耶絲塔拽著我，以嗅覺持續躲避肉眼看不見的敵人攻擊。

「果然，被妳拖著到處跑的立場還是比較適合我啊。」

「……怎麼突然說這些，助手。」

…………

「這些日子你寂寞嗎？」

怎麼可能，我才沒那麼軟弱。

「對不起。」

別道歉。

「先你一步死了，是我不好。」

就說了，不要道歉啊。

「說真的喔，當初並沒有預定要跟你一起旅行三年的。」

喂，這種對手可不是邊聊往事還可以順便打贏的吧。

「一旦大意跟他人締結親密的關係，就會對這個世間戀戀不忘。這道枷鎖勢必會對我的工作帶來影響。」

就說了，專心戰鬥啊。

火勢可不知道什麼時候會燒到這下面啊。

「不過，等我回過神已經過了三年。我想那一定是因為我比自己以為的更喜歡你的緣故。」

妳是白痴嗎？

妳跟我，既不是情侶，甚至也根本不算朋友。

偵探與助手——我們就只是這種奇妙的工作搭檔。

「我很清楚。你對我並沒有什麼特殊的想法，我也沒有特別對待你。只不過——」

別說了，事到如今還說這些做什麼。

如果是由我說還好，但，不可以從妳口中說出。

就算被妳批評任性也無妨。然而，妳卻——

「跟你共度的那三年眼花撩亂的時光，對我而言，是比什麼都珍貴的回憶。」

都聽到妳這麼說了，我還能——

「你這傢伙，是笨蛋嗎？」

希耶絲塔輕輕摸著我的頭。

「對一個死人逞強有什麼意思呢。這一年來，你一個人真是辛苦了。」

我感覺喉嚨刺痛，眼底發熱。

太蠢了吧，說這種話……這種風格，一點也不像妳。

真是的，別再折磨我了。我這副模樣要是被齋川或夏露，還是恢復正常的夏凪看到，一定會被笑死的。

我離開希耶絲塔身上，站到她身旁。

「妳問我，這些日子寂寞嗎？真抱歉啊，我已經有幾個聒譟的同伴，害我根本沒空去想那些事了。」

腦海中浮現那幾張臉孔，我不禁啞然苦笑。

「所以，我已經不再是獨自一人了。」

「是嗎——那你們要好好相處唷。」

不知道是誰先開始的，我們自然而然變成背靠背的姿勢。

從夏凪的身體上，感覺到了希耶絲塔的體溫。

等這場戰鬥結束，希耶絲塔一定又會從我身邊消失了吧。

而且，她鐵定不會再透過夏凪的身體出現。

既然如此。

「那個，希耶絲塔。」

「什麼事？」

「呃，接續先前的話題，就是我們兩人第一次喝醉酒那次，關於之後到底發生了什麼。」

儘管在最終決戰，而且還恐怕是最後一幕時討論這個好像不太妥當，但就某種意義而言，這樣或許反而比較像我們的作風。

兩人上半身靠在一起，我伸出的右手，跟希耶絲塔伸出的左手變成同一條直線。

「該說是非常遺憾嗎——那天什麼也沒發生。」

接著，兩把槍都對準前方。

肉眼看不見的敵人正在迫近。這槍要是打歪了，我們兩人都會沒命。

然而，希耶絲塔剛才已經說過「放心吧」。

既然這樣就沒什麼好懷疑的了。

希耶絲塔出錯的情況就連一次也沒發生過。

緊接著下一瞬間，**眼前空無一物的空間發出了電話鈴聲**。

「助手！」

「好！」

緊盯著那個方位，我跟希耶絲塔同時扣下扳機——

——隨後。

鈍重的聲響，加上急促的哭嚎聲，宣告一切結束。

「是嗎？老實說，如果是跟你睡一次，我覺得應該也無妨才是。」

「這種重要的事，下回要早點告訴我啊。」

我倆在最後，像傻瓜一樣笑了起來。

【girl's dialogue】

「妳是指，要我使用妳的身體嗎？」

銀髮的名偵探，以困惑的模樣向我問道。

「嗯，就算是我聽從妳願望的交換條件。」

對此，我強硬地提出了自己的交易要求。

這裡是只有我跟她可以相互干涉的特別世界。

舉例來說，就像是腦袋裡的記憶、被刻在心臟上的意識，或者說只是單純的白日夢——不過可以確定的是，只要在這裡，我就能遇見她。我們像這樣碰面，是自從上次吵架以來的第二次。

「不過，這樣真的好嗎？」

名偵探以那雙碧藍的眼眸凝望我。

「這個身體可是屬於妳的唷。是僅限於妳的事物。他也是這麼說的吧？」

「……是呀，嗯。包括這雙手、腳，從髮梢到腳趾尖，全部都是屬於我自己的。」

不過——我先用力深呼吸一口氣。

「『心臟』並不是。」

我這麼表示後，她垂下長長的睫毛。

「因為這顆心臟，是屬於我跟妳兩人的。所以出於相同的目的，我們應該要合作才對吧。」

「……妳想要我怎麼做？」

「希望妳取代我的意識，去幫助如今正在跟敵人戰鬥的君塚。」

「……這麼說簡直就像我跟妳一樣都很想去幫他似的。」

——氣死了。

「唔，我就是那個意思呀。」

時間明明所剩無幾了，雙方的對話卻毫無進展令我的太陽穴都爆出青筋。

「妳恐怕有誤解唷。我已經死啦。所以我沒有資格再管他。」

霎時，我內心的導火線被點燃了。

「——唔！啊～～～～～妳這個人麻煩死了～～～～～！」

我猛力搔著頭，幾乎要扯下把頭髮固定在一側的髮圈。

「麻、麻煩……？是說我嗎……？」

結果，名偵探好像一副作夢也沒想到自己會被這麼說的反應，大眼睛迅速眨了好幾下。不過很抱歉，我可不會隨便饒了妳。

「我說得沒錯吧！上回不知什麼時候在夢中吵架那次，妳明明還強調『果然助手最適合的搭檔是我』這樣的話！」

「……那是因為，呃，反正吵架的結果，不是已經講好以後助手的事就全部託付給妳了嗎？」

「所以妳認為自己就完全沒有再跟君塚扯上關係的權利了嗎？然後也打算見死不救？咦，妳還沒長大嗎？」

「……唔，妳還是第一個把我批評到這種程度的人。」

這下子，她露出了我前所未見的不快表情瞪著我。

「哎呀，沒想到妳這麼承受不了批評啊？是還沒習慣處於被人捉弄的立場嗎？」

「我要回去了。」

名偵探正準備轉身離去，我只好連忙揪住她的袖口。

「啊——真是的，我道歉，我向妳道歉好不好，拜託快點用我的身體去那傢伙身邊幫他。」

成熟的我也只好暫時委屈自己，把這次的面子讓給她。

「……不過，真的可以嗎？」

「都說了，我——」

一點也不介意——但我話還沒講完。

「助手他……」

結果，她冒出這麼一句。

「助手他，會不會感到困擾呀。事到如今，我再度出現在他面前。」

這種反應跟充滿合理性、極度理智的名偵探一點也不相稱，她竟然因這種微小的情緒而猶豫。

因此，我對她的回答是——

「天曉得呢。關於這點妳不是更應該要去親眼確認嗎？」

實證重於理論——我認為這句話最適合名偵探不過了。

「……怎麼突然說這種不負責任的話。」

結果她好像還是很不滿，對我翻起白眼……雖然讓人不服氣，不過她就連這樣的表情也很可愛。君塚那種「我對於那傢伙一點想法都沒有」的氣息絕對是假裝的吧。跟這種像天使一樣的女孩共度三年，不可能內心毫無半點波瀾的。等等不對啊，如果她是天使，那我豈不是惡魔了？可惡我還是少說為妙。

「哎，誰叫妳突然就切換到少女心模式。」

因為剛才我自顧自火大起來，現在才會沒好氣地這麼吐槽對方。

「……看來我跟妳是天生就處不來呢。」

天使般的名偵探再度瞇起了眼。唔——果然最後還是跟她拌嘴了。好吧這次的責任應該算六四開吧，我這邊四就是了。

「唉，知道啦。我這就去，去一趟總行了吧。」

最終，她露出莫名帶著孩子氣的表情用力別過臉，感覺不太甘願地接受了我的提議。

「不過，僅限這一次唷。」

「我明白。下次……從下次開始，我一定會設法讓自己派上用場的。」

「……是嗎？嗯，那就好。」

就像這樣，名偵探驀然笑了一下後便打算轉身離去。

「那個。」

對於她這樣的反應。

我雖然有點迷惘，但最後，還是有句一直想說的話得傳達給她。

「謝謝妳，給了我新的生命——名偵探。」

結果她聽了，一瞬間停下腳步。

「不客氣……是說，彼此彼此，」

她維持背對我的姿勢，對我這麼說。

「謝謝妳，使用了我的生命——名偵探。」

【終章】

「你、你見過大小姐了!?」

郵輪緩緩航過碧藍的大海。

佇立於甲板的夏露，露出彷彿看到UMA（註8）的表情回頭瞪向我。

「是啊，要是她沒現身，我們現在早就葬身魚腹了。」

在那之後……把昨天的一切善後完畢，我們轉搭齋川家準備的另一艘船踏上歸途。

原先預定的旅遊行程中止了。發生了那麼嚴重的意外，不對，是事件，下這種判斷也是理所當然的。不幸中的大幸是，船員跟旅客們都平安無事。搭乘直升機的夏露跟風靡小姐也在即將墜毀前及時逃生，所有人都安然無恙地上了這艘船。

只不過，除了一個人。

註8 Unidentified Mysterious Animal，未確認生物體。

變色龍那傢伙，已沉入大海。

懷抱著過去曾奪走希耶絲塔性命的深重罪孽。

「是嗎……看來，我們又被大小姐救了一次。」

海風吹拂夏露的金髮。

在她不時露出的側臉上，掛著看似非常寂寞的微笑。

「或許大小姐她……」

忽然，夏露刻意若無其事地這麼說道。

「那天早就知道自己會死也說不定。」

……是啊，有那個可能。

就連自己的死也在計算當中。你們直到現在才察覺這件事嗎？那位名偵探一派冷靜如此說道的表情，頓時在我眼底浮現。

不過，假使真是那樣。

「我還是希望她能活下來啊。」

我硬是塞回肚子裡的這句臺詞，被夏露代為說出口。她的聲音就像是從小杯中溢出的水滴般。

「不過那女孩體內竟然是大小姐。」

接下來，夏露又稍稍抬高音調這麼說道。

「是啊……可惜，那傢伙再也不會現身了。」

不會有下次了，這是希耶絲塔本人說的。

「……倘若我現在將槍口對準君塚，大小姐會不會為了救你而趕到呢？」

「別拿我的命當犧牲品啊。」

「開個玩笑，玩笑啦。」

夏露突然放鬆表情，同時用力伸了個懶腰。

接著她逕自轉身，準備從甲板離開。

「……大小姐她還有說什麼嗎？」

背對著這邊，她拋出這番話。

我看不見夏露的臉孔。她此時是以何種表情問出這個問題呢？

「——她還說，大家要好好相處。」

我對那位以背影示人的金髮少女這麼告知道。

我所能做的，就是照實轉述希耶絲塔的話罷了。

「是嗎？」

夏露喃喃低聲回應，最後才終於側過身對我說道。

「下次能陪我去花店嗎？想請你教教我買哪種花比較好。」

對喔，在美國很少有掃墓這種文化吧。

既然這樣就趁最近陪她去一趟吧。

不過也不確定那傢伙是否真的沉眠在墓地就是了。

「那麼，再見。」

「好的，再見。」

昨日之敵今日依然為敵。

但明天呢？或者更久的將來——假使希耶絲塔是如此寄望的話。

夜裡，我進入郵輪的酒吧。

因為是另一艘船，理所當然地酒吧也不是同一間，不過內部的裝潢倒是非常相似。今天，並不是要聊什麼不方便被外人聽到的話題，所以我就坐在吧檯前的座位點飲料。

……過沒多久，我所等待的人物便出現了。

「讓你久等了。」

向我這麼打招呼後，那個人——夏凪渚坐到我的隔壁。

我側眼看著正在點飲料的她……今天穿得並不像上回那麼華麗，而是類似平日的寬大T恤搭配短褲。

嗯，仔細想想這也很合理。之前那套低胸的連身洋裝早就沉到海底去了。

等飲料全都到齊，我們先稍微碰了一下杯子。

「對了，你呀，今天這是什麼打扮？」

……可惡，被對方吐槽了。虧我剛才還故意省去描寫。

「我們兩人的穿衣風格老是配不起來。」

本來還以為夏凪這次又會盛裝打扮的。

「你這件穿起來很難看的夾克是怎麼回事？」

「齋川買給我的。」

「唔哇，掃興。一般女生都會覺得掃興吧。」

喂，別說得這麼義正詞嚴啊，這樣我根本無從反駁。

……好吧，這才是正常的夏凪。如今的她已經完全看不到希耶絲塔的影子了。

那之後——在打倒變色龍之後。

勉強留住一條小命的我跟夏凪，在郵輪即將沉沒前跳入海中，抓著木板漂流，後來好像恰巧碰上了救難船。

之所以說好像，是因為得救的時候我們兩人早已失去意識，等到再度睜開眼睛，自己已經躺在這艘郵輪上了。

而且在甦醒的時候，夏凪她已經……恢復成夏凪了。

我試著問過她，但希耶絲塔人格浮出表面時的記憶似乎徹底消失了。

希耶絲塔又一次開啟了她擅長的午睡。

「喂，夏凪。」

「什麼事？」

繼續在內心糾葛對事情也沒有幫助。

我下定決心，要告訴她我約她來這裡的理由。

「之後妳還想繼續當名偵探嗎？」

就算被牽扯進這樣的事件中，妳還想繼承希耶絲塔的遺志嗎？

不能單純只是模仿，而是要不要當個名副其實的名偵探。

這之後與「ＳＰＥＳ」相關的事件必然會層出不窮。

如果夏凪拒絕了那也不能怪她。只不過，關於這個問題還是得先確認一下才行。

「……老實說，果然我還是缺乏自信啊。」

夏凪纖細的手指撫過玻璃杯的邊緣，同時這麼說道。

「我這回幾乎是什麼忙也沒幫上。不如說還給大家添了許多麻煩，幾乎都是靠你跟小唯把我救回來的。而且到了最後——我還是只能拜託這顆心臟（她）。」

果然我還是……

夏凪冒出這麼一句後，不禁苦笑起來。

對這樣的她。

「事情不是那樣吧。」

「……君塚？」

「那個電話鈴聲，當時可是幫了大忙啊。」

在與變色龍的戰鬥，最後就是透過電話鈴聲確認那傢伙的所在方位。而那個聲音的真正來源，其實是夏凪被變色龍擄走時，偷偷將手機塞進了他的衣服。是為了對付這個難以用視力對抗的敵人，緊急想出來的點子。

「……是嗎？不過那個也得在小唯她們的協助下才有機會成功。」

根據事後聽來的資訊——我跟希耶絲塔在與變色龍戰鬥時，夏露載著齋川駕駛一艘小艇，並以齋川的「左眼」從海上持續觀察船艙內的戰況。之後她們看準變色龍隱形的時機，為了讓我們發現那傢伙的所在位置而撥了通電話到夏凪的手機，這應該就是手機鈴聲恰好會在那時響起的原因了。此外當事人希耶絲塔也早就看穿這一切了——這麼說來一無所知的不就只剩下我而已嗎？

……不過也罷，沒關係，我只是個助手。

最重要的是夏凪。

夏凪她究竟要不要當名偵探。

「而且夏凪，**我聽希耶絲塔本人說了**，妳是出於自己的意志將身體借給希耶絲塔使用。有了妳的勸說，希耶絲塔才會展開行動，而我也才因此得救。」

要不是有夏凪的熱情，我已經死在那艘船上了。所以終歸還是夏凪救了我。

此外，夏凪有一項連她本人都尚未察覺的資質。

從最開始的那個心臟事件，我自己之前一直都沒有發現……或者該說是我故意掩蓋住的情感，被夏凪的熱情一口氣點燃了，是她讓我再度想起自己應盡的使命。

藍寶石事件的時候也是，夏凪比我更快一步看穿齋川真正想要的事物，最後得以避免用武力解決。

而這次也是藉由她的強烈企圖心與說服力，讓我跟夏露，最後甚至連那個希耶絲塔都成功驅動起來。我想夏凪一定具備某種能力，那就是帶給任何一個人當下最想聽到或看到的**言語與行動**……她就是知道該怎麼做。

既然如此——

「謝謝妳，妳可是最棒的名偵探啊。」

畢竟，這是事實啊。

「偵探」終究還是一種能達成委託人心願的存在。

「……你太詐了。」

夏凪低聲咕噥著。

我不清楚這是她對什麼的評語，但看她嘴角微微舒緩開來的樣子，應該不是我最擔心的交涉失敗結果吧。
「不過……嗯，我決定了，我要做。」
更何況——夏凪繼續補充道。
「我還被其他人拜託了嘛。」
「其他人拜託妳？難不成是希耶絲塔？」
「嗯，這是讓她回來幫忙這一次的交換條件。」
於是，夏凪將她跟希耶絲塔祕密交換的約定內容告訴我。
「夏凪渚、齋川唯、夏洛特・有坂・安德森，最後還有君塚君彥——她希望我們四人能消滅『SPES』。」
你們四人才是我所留下的遺產——也是最後的希望。
這麼轉述完後，夏凪露出溫柔的微笑。
「是嗎？」
我只簡短地這麼答道，點點頭。
一定就是在剛剛那一瞬間。
我終於名副其實地繼承了名偵探的遺志，至少我是這麼認為。

「嗯，但即便如此，我缺乏自信這點依然沒有改變啊。」

夏凪邊苦笑邊將玻璃杯湊到嘴邊。

「放心吧，提起缺乏自信這點沒人贏得過我。」

「這種提高別人相對評價的方法還真討厭耶。」

「而且妳可能會覺得希耶絲塔跟妳不同，是個十全十美的超人，但其實出人意外地並非如此喔。」

「是這樣嗎？」

正是這樣沒錯。

抱歉了，希耶絲塔。反正死人是無法反駁的。

「忘記是什麼時候了，那傢伙痛飲了一大堆超過酒量的酒，醉得東倒西歪，然後……」

然而，當我說到這時，夏凪冷不防一口喝乾手邊的飲料。

「嗯？喂，夏凪？」

儘管店內的照明昏暗，不過仔細看還是可以發現她的臉頰已經染上紅暈。

緊接著——

「這杯飲料，其實含有酒精吧。」

夏凪這麼說道，倏地用手指把我的下巴抬高起來。

我對這突然的發展毫無抵抗力……這簡直就像那天我們放學後在教室的邂逅重演了。

「嗚，咕……」

「吶，今天晚上，你會來我房間吧？」

「……嘎？妳這傢伙，在胡說八道什……」

……等等不對，真正的夏凪是會說這種話的人嗎？

既然如此，那這個人……不，難道……

「你猜，我是誰？」

……哎，她這種笑容，根本是犯規嘛。

就在我詞窮之際，突然。

『呃——各位船上的乘客，請注意。』

這是來自船上的廣播。

跟之前的犯罪聲明明顯不同，這應該是由船長正式發布的。

然而這段廣播卻加入了「目前雖然還不清楚詳情」的謎樣開場白，接著才繼續說道。

『請問各位乘客當中，有職業是偵探的嗎？』

我與鄰座的她四目相交，朝彼此點了點頭。

距離故事的尾聲，還很遙遠呢。

後記

初次見面，我是第十五屆MF文庫J輕小說新人獎最優秀獎的得主，二語十。

……雖然想在後記馬上謝罪，但我本身很不擅於調整頁數，沒想到在後記竟留下了四頁的篇幅。由於只是個初出茅廬的小小新人輕小說作者，後記這部分就請大家豪邁地速讀過去吧，另外倘若您有多餘的幾分鐘時間，可以將讀後感發表在社群網站上，那就是我最榮幸的一件事了。（巧妙推動宣傳活動）

另外，在後記最尾端還有一個QR碼，只要用手機掃過，就能自動追蹤官方推特帳號，如果您也能順便加一下我會非常開心。（不厭其煩的宣傳活動）

那麼，將這後記中的前言寫完後，我要重新鄭重感謝選擇本作《偵探已經，死了》的諸位讀者，非常謝謝你們。

看到標題，期待本作為正統懸疑推理的朋友，我恐怕得為故事內容稍稍低頭致歉才行了，不過若是能將本書視為多種風格揉合的娛樂小說並充分享受的話，那就沒有什麼比那個更教我開心了。

寫這部小說的契機，是我突然浮現在腦海中的「請問各位乘客當中，有職業是偵探的嗎」這短短一句話。

當時我完全沒料到，最後會寫成這麼一部有如大雜燴的作品，然而如果要我在心中好好思考輕小說應有的面貌時，我最初浮現的字眼就是「自由度」。

既然如此，我就將自己認為有趣的所有題材逐一網羅——如果把我最想寫的「男主角與女主角的對話和關係性」置於主體並創作劇情的話——以這種理念對著電腦艱苦奮戰的結果，就是這部小說的誕生。

這項嘗試最後是否成功了，還得依靠各位讀者的評價，不過只要想到自己真的寫成了一本書，我就覺得當初順從內心想法猛敲鍵盤的光陰並沒有白費。

行文至此，一般的後記到這裡也差不多該進入尾聲了，但沒想到我竟然還有兩頁的篇幅空著，那就只好請各位再稍微陪我一下了。

可能有點唐突，但各位讀者是否曾有過「人生真是太艱難了吧……？」這樣的念頭呢。我就有過。至於究竟是什麼情況下發生的，恐怕早在我幼稚園被退學的時候吧（拜託別讓幼稚園小朋友退學好嗎），都已經又活了二十年以上，我還是懷抱著「人生真是太艱難了……」的想法過日子。

周圍朋友們都能理所當然做到的事，但我小時候就是那種做不到的類型，因此在各方面都備嘗艱辛，我經常只能龜縮在房間的角落，抱著自己的膝蓋心想「不是我不好，是這個社會、國家不好……」，每天設法將責任轉嫁出去。而那種時候支撐我的存在正是「輕小說」——如果當初我的人生走向是這樣，搞不好可以整理成一篇令人感動的文章，不過我的困難果然還是跟輕小說沒有太大關係。

我真正與輕小說首度相遇，是在大學入學考失敗開始上補習班時，因為完全沒有讀書的衝勁，蹺課去書店偷懶時剛好翻到的。（這是廢柴吧？）

然而，就算遇到了輕小說，我依然繼續走在順遂的人生大道之外，也有好長一段時間都跟社會上的人際關係保持疏遠的距離，但結果還是像現在這樣能讓自己撰寫的輕小說問世，體會到如此難得的經驗。這種說法可能會受到社會的批判吧？我的人生簡直就像在玩遊戲一樣起伏難以預料，我不禁每天都這麼感嘆著。

那麼，後記的一開始首先就提到謝罪，最後我想還是以謝詞來收尾吧。

首先是責任編輯O先生。

對於您所給的提示我一直沒能克服難關，就連此時此刻我也繼續給您帶來困擾，真是感到誠惶誠恐。這一集有很多要是沒有O先生就無法生出來的角色及故事發展，真的非常感謝您。今後也請您繼續賜予我批評指教。

接著是插畫家うみぼうず老師。

從我拙劣的想法和文章中，您巧妙地掌握了角色的要素，為本作畫出真的非常了不起的人物插圖，到現在要寫後記了，還是不知該如何將這份感恩之情傳達給您。是不是手頭要準備個七億元左右才夠？我甚至忍不住這麼想。不過看到您在個人簡介中寫著「想吃豆芽菜」這句話，或許送豆芽菜給您會更好。這次有榮幸請到您擔任插畫家，我要致上最誠摯的感謝。

其他還包括所有與本書出版相關的每一位工作夥伴，擔任新人獎評選委員的四位作家前輩，還有一同為我加油打氣的家人、朋友，以及諸位讀者，我要鄭重地說聲謝謝。這回，真的是非常感激上述提到的每一位。

最後還有一些公告事項煩請翻閱下一頁瀏覽，萬事拜託了。

這就是名偵探之死的真相。

偵探與助手那段

既漫長又短暫的旅程紀錄。

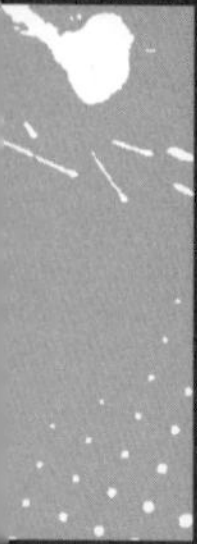

那一天，偵探死了。

偵探已經，死了 2

浮文字

偵探已經，死了。

（原名：探偵はもう、死んでいる。）

著　者／二語十
插　畫／うみぼうず
譯　者／Kyo
執行長／陳君平
榮譽發行人／黃鎮隆
協　理／洪琇菁
總編輯／呂尚燁
執行編輯／楊國治
國際版權／黃令歡、梁名儀
美術總監／沙雲佩
美術編輯／陳聖義
企劃宣傳／陳品萱
文字校對／施亞蒨
內文排版／謝青秀

出　版／城邦文化事業股份有限公司 尖端出版
台北市中山區民生東路二段一四一號十樓
電話：（〇二）二五〇〇—七六〇〇
傳真：（〇二）二五〇〇—二六八三
E-mail：7novels@mail2.spp.com.tw

發　行／英屬蓋曼群島商家庭傳媒股份有限公司城邦分公司　尖端出版
台北市中山區民生東路二段一四一號十樓
電話：（〇二）二五〇〇—七六〇〇（代表號）
傳真：（〇二）二五〇〇—一九七九

中彰投以北經銷／楨彥有限公司（含宜花東）
電話：（〇二）八九一九—三三六九
傳真：（〇二）八九一四—五五二四

雲嘉經銷／智豐圖書有限公司　嘉義公司
電話：（〇五）二三三—三八五二
傳真：（〇五）二三三—三八六三

南部經銷／智豐圖書有限公司　高雄公司
電話：（〇七）三七三—〇〇七九
傳真：（〇七）三七三—〇〇八七

香港經銷／一代匯集
香港九龍旺角塘尾道六十四號龍駒企業大廈十樓B&D室
電話：（八五二）二七八三—八一〇二
傳真：（八五二）二七八二—一五二九

新馬經銷／城邦（馬新）出版集團Cite（M）Sdn. Bhd.
E-mail：cite@cite.com.my

法律顧問／王子文律師　元禾法律事務所
台北市羅斯福路三段三十七號十五樓

二〇二一年三月一版一刷
二〇二三年四月一版八刷

■中文版■

郵購注意事項：
1.填妥劃撥單資料：帳號：50003021戶名：英屬蓋曼群島商家庭傳媒(股)公司城邦分公司。2.通信欄內註明訂購書名與冊數。3.劃撥金額低於500元，請加附掛號郵資50元。如劃撥日起 10～14日，仍未收到書時，請洽劃撥組。劃撥專線TEL：(03)312-4212 ・ FAX：(03)322-4621。E-mail：marketing@spp.com.tw

國家圖書館出版品預行編目(CIP)資料

偵探已經，死了。 / 二語十作. Kyo譯. -- 1版. -- 臺北市
: 城邦文化事業股份有限公司尖端出版 : 英屬蓋曼
群島商家庭傳媒股份有限公司城邦分公司發行,
2021.03-
面； 公分
譯自 : 探偵はもう、死んでいる。
ISBN 978-957-10-9352-9 (平裝)

861.57 109019769